あの日、そらですきをみつけた

辻みゆき／著
いつか／イラスト

★小学館ジュニア文庫★

あの日、そらですきをみつけた

[CONTENTS]

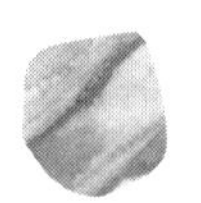

[CHARACTER]

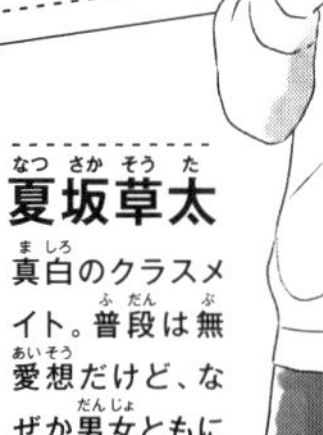

上田真白
ごくごくフツーの小学六年生。恋愛経験は、まだない。親友のモモちゃんといつも一緒にいる。クラスメイトの大野とは実は幼馴染。

百井美咲
真白の親友。ポワンとしたかわいらしい雰囲気で、三歳の弟をとてもかわいがっている。

夏坂草太
真白のクラスメイト。普段は無愛想だけど、なぜか男女ともに好かれている。四年生の妹がいる。

大野佑臣
真白とは幼馴染でクラスメイト。背が高くてやさしい、いわゆるイケメンゆえ、女子にモテモテ。

村山美早妃
真白のクラスメイト。美人で女子のリーダー的存在。大野のことが好きというウワサも…。

誰(だれ)にだって、
人(ひと)には言(い)えない気持(きも)ちがある――

0・私の名前

上田古

カツカツカツ。カッカカッカッカッカッカ……。一画一画、何かを確かめるように硬く乾いた音が六年一組の教室に響き、やがて黒板には、全ての文字がそろった。

上田真白

——それは、私の名前。

その右横にはすでに、ひとりの女子の名前と、ふたりの男子の名前が書かれていて、さらにその横には、この学級会の議題が大きく書かれている。

『学級委員決め』

たった今、私はこのクラスの学級委員の候補として、推薦で名前を挙げられてしまったのだ。

……って。

「ちょっ……」

思わず大声を出しそうになったけど、学級会の最中に無断で発言できるほど心臓が強くない私は、言葉をのみこんだ。

「真白」

「まーしろっ」

「名前出ちゃったね」

何人かの女子が、クスクスと笑いながら、ひっそりと私にそうささやく。同情気味に。

でもちょっとだけ、おもしろがるように。

——ちょっと待ってよ。

私は、そう声を上げたかった。

いっておくけど、私は今まで学級委員をやったことはない。立候補したこともなければ、推薦されたことだって一度もない。

そりゃあ確かに私は「マジメか、キャピキャピしているか」で分けたら、マジメに見えるほうかもしれない。

アイドルグループのマネして踊ったりしないし、恋バナもしない。流行に敏感じゃないし、そもそもオシャレにかけるお金もない。ついでにいうと、うちは「小学生は早く寝なさい」という家だから、夜遅く始まるドラマは見せてもらえない。

つまり、一言でいうとイケてない。

とはいっても、たぶん地味すぎるということもない。授業中はフツーに発言するし、納得できないことがあれば、男子に言い返したりもする。

派手でも地味でも、浮くわけでもなく。

たいてい仲良しのモモちゃんと一緒にいて、イケてるグループの子たちとも、アニメ好きの子たちとも、仲良く楽しく、ごくごくフツーに過ごしている……私はそんな子なのに。

なーのーに！

……なんでこうなっちゃうの?!

はっきりいって、誰が学級委員にふさわしいかは、もうみんなわかっている。だからこそ、私の名前が挙がったときに、クスクスと笑う子たちがいたのだ。

私より先に推薦され、すでに書かれている、その子の名前。

その横に、たった今並べられた私の名前。

……最悪。

まさか、こんなことになるなんて思ってもみなかった。

六年生になったけど、クラス替えもないことだし、今までと変わりない毎日なんだろうなぁって、ぼんやり考えていたのに……。


話はいったん、昨日にさかのぼる。

短い春休みが終わり、六年生第一日目となる始業式の日——。

1・自己紹介

「おっはよー！」

前を歩いているのがモモちゃんだと気がついたので、私は小走りで駆けていって声をかけた。

「あ、真白ちゃん。おはよう」

春の陽射しの中、久しぶりに会う友だちの笑顔は少しくすぐったい。

モモちゃん――百井美咲ちゃんとは、去年、五年生のクラス替えをした時から仲良くなって、それ以来、ずっと一緒にいる。

肩のあたりでふんわり揺れている栗毛色の天然パーマの髪に、茶色がかった目をしているモモちゃん。マシュマロみたいにやわらかそうな色白の肌は、本人いわく「日焼けすると、すぐ赤くなっちゃう」そうで、去年の夏は困っていたっけ。「背が低いのはともかく、もう少しやせたい」とよく言っているけど、別に太っているわけじゃない。モモちゃんはいつのまにか、大人っぽい体つきに近づいてきているのだ。

私はごく平均的な身長で、太っているわけでもなければ、やせているわけでもない。それって、ちょうどいいように聞こえるかもしれないけど、そうじゃない。

私は骨格標本みたいな体つきをしている。モモちゃんや、他の女の子……特にイケてるグループの子たちみたいに、ポムンとした丸みがない。去年の夏、髪を思いきってショートにして、お父さんの田舎で真っ黒に日焼けした顔で遊んでいたら、なんと、本当に男の子に間違えられてしまうというショックな出来事があったくらいだ。

「田舎のお年寄りには、髪の毛が短いだけで、みんな男の子に見えるんだよ」とお姉ちゃんが慰めてくれたけど、それ以来、私は髪を伸ばすことにした。

ちょっとクセがあって風になびきやすい私の黒い髪は、今、耳の下あたりで、中途半端にそろいかかっている。

「担任の先生、誰になるかなぁ」

歩きながら、モモちゃんと私はあれこれと先生の名前を挙げた。

去年担任だった先生は別の学校へと異動になったので、今日の始業式で、新しい担任の先生が発表されるはず――この一年間を左右する重大問題だ。

……とはいっても。

「クラス替えがなくて、よかったね」

私はふとそう思って、口にした。

五年から六年に進級する時はクラス替えがないので、クラスのメンバーはそのまま。

もしクラス替えがあるとしたら、こんなにのんびりしてはいられない。もしかしたら一睡もできないまま朝を迎えていたかもしれない。

それを思えば「ムダにドキドキしなくてすんで、よかったよね」――私はあまり深くは考えずに、そう言ったのだった。

でも、モモちゃんは即答しなかった。

「う……、うん」

と、ちょっと間のある返事。

「モモちゃん？」

「あ、ううん、もちろんよかったよ。真白ちゃんと、また一緒にいられるもん！」

モモちゃんは慌てたようにそう言うと、最後に一言、自分に言い聞かせるように付け加えた。

「うちのクラス、一応、平和だしね」

あ、ああ……。

一瞬、間ができてしまったモモちゃんの気持ちが、ちょっとわかるような気がした。

うちのクラスには、超ハイスペック男子がいたりすることはないけど、〝上履きを隠される〟というような、わかりやすいイジメもない。

一応、平和なクラス。

だけどそれは、ビミョーなバランスの中での平和っていう気がして……。

頭のどこかで、そんなことを考えていたのだけれど、校舎へと続く坂道を見た時、そんなぼんやりとした考えは吹き飛んだ。

「うわぁ……！」

私とモモちゃんは、同時に声を上げた。

「すごい……」

「きれい……」

坂の両脇に、満開の桜が咲いていた。まるで桜のトンネルだ。

思えば、ここの桜を見るのも今年で六回目になるんだなぁ。数日後には入学式があって、六年前の私たちがそうだったように、体より大きなランドセルを背負って一年生が入学してくるんだ……。

そんなことを考えていると、後ろからダダダッと駆けあがってくる数人分の足音が聞こえてきた。

新一年生はまだ登校してこないはずだから、元気な二年生男子かな？　あなたたちもあと数日で、お兄さんになるんだよ～……そんな最上級生気分で、通りすぎていく背中を見守ってあげようと思っていたのに。

あれ？　この子たち、思ったより大きい？

そう思った瞬間、そのうちのひとりが、私の左肩をズザッとこすった。

「あ、すいま……」

慌てたように振り向いた、見覚えのある顔は……。

「あっ」

アチコチに跳ねている髪、クルリと丸い目、少し小さめの口。イケメンじゃないけど小顔の、子どもっぽい顔立ち……。

「草太」

うちのクラスの、夏坂草太だった。

「上田……」

草太はぶつかった相手が私だとわかると、知らない人に迷惑をかけたわけじゃなくてよかったというような安心した顔になった。

……って、いやいや、よくないし。

「今、ぶつかった」

「えーっとぉ……、ごめっ……ハ、クシュン」

謝りかけたセリフの最後がクシャミに変わる。そこにタイミングよく、桜の花びらが一枚、草太の跳ねている髪に舞い降りた。

「草太、桜……」

そう言いかけたけれど、草太は頭に花びらをのせたまま、桜の中を駆けていってしまった。

「あーあ。うちのクラスの男子は、六年生になってもあいかわらずだね」

「だね」

モモちゃんと私はそう話して、少し笑った。

男子があいかわらず子どもっぽいことに、口では呆れながらも、どこかホッとした気持ちにもなっている。もしかしたら、男子がこんな調子だからこそ、うちのクラスはかろうじて上手くいっているのかもしれない。

桜は、六年前と変わらず、今年も見事に咲きほこっている。

「井田天の介です」

新しい担任の先生は、他の学校からきた男の先生だった。

「今日からぼくも、みんなの仲間だ。この六年一組を一緒に盛り上げていこう！　おーっ！」

……。

松岡修造を尊敬しているという、若くて熱くて独身の井田先生は、去年は一年生の担任だったそうで、なんていうか……とてもピュアで、すぐに男子から「イダテン」というニックネームを付けられた。

イダテンは自分の話をした後、みんなの顔と名前を教えてほしいと言い出した。クラス全員、ひとり一言ずつの自己紹介が始まる。

「鈴木亜美です。一年間よろしくお願いします」

「石川零士。夢はユーチューバーっす」

「月に姫と書いて、ルナと読みます。山田月姫です。アニメが大好きです」

マジメにあいさつする人、ふざけながら話す人、ハマッていることを話す人。みんなはこれといった緊張感もなく自由に発言していく。

イダテンは「こちらこそ、よろしく」「ユーチューバーって、すごいんだよな」「好きなアニメ、後で聞かせてくれな」……と、ひとりひとりに返事をしていった。


「百井美咲です」

モモちゃんの番がきた。

「三歳の弟がいます。とてもかわいいです」

モモちゃんは、少しはにかみながら言った。

「やさしいお姉さんなんだね」

イダテンにそう言われて、モモちゃんは小さくイエイイエというように首を振っていた。

「夏坂草太です」

草太の番がくると、何人かが気軽に「草太〜」と声をかけた。

「今年は、100メートルで市内大会三位以内に入賞したいです」

「おっ、陸上か」

イダテンの目の色が変わった。

「ぼくも学生のとき、陸上やってたんだ」

「ホ、ホントですかっ?!」

草太は突然顔を上げた。

「それなら!」

食いつくような勢いでそう言いかけたけど、草太はそこで我に返ったようで、結局
「……後でまた」とボソッとつぶやき、そのまま席に着いてしまった。

へんなの。

草太と私は一度も同じ班になったことがなく、実はあまりしゃべったことがなかった。

本人はそれほど愛想がいいほうではなく、どちらかというと控えめな感じがする。なのに、みんな……男子だけでなく、イケてる女子たちからも親しみを持たれているようで〝草太、草太〟と何かと呼ばれてはいつのまにか中心に引っ張り出されている、そういう男子だった。

なんにしても、私からみるとちょっととらえどころのない面があり……ああ、そうか、だから今まであまりしゃべったことはなかったんだなと、ある意味、納得した。

自己紹介が続く中、私は〝なんて言おうか〟と考えて、少しぼやっとしていたらしい。ある男子に「おい、上田〜」と言われて、一瞬、もう自分の番がきたかと慌てたけれど、そうではなかった。

「大野佑臣です」

ちょうど佑臣が立ち上がって自己紹介を始めるところで……私は心の中で「あーハイハイ」と、鼻白んだ。

背の高い佑臣は、いつも通りの落ち着いた口調で、ちょい長めの前髪の向こうから、まっすぐ前へと視線を送っていた。

「六年生になったので、しっかり勉強したいです」

そういう佑臣に、イダテンは
「おっ、さすが六年生だな！」

と、頼もしそうに答えていた。


佑臣は基本的には無表情なのに、話している最中はときおり笑顔になったりもした。そんなところが良かったのか、佑臣ははっきりいってモテた。「イケメンだよね」と言ってる子もいるから、もしかしたらそうなのかもしれない。

でも、私にはそう見えない。

なぜって――佑臣と私は家が隣同士で、いわゆる幼馴染だったから。小さい頃から一緒に過ごしすぎて、いまさらイケメンかどうかなんてわからない。

佑臣、佑臣の兄、私、私の姉の四人は、兄弟姉妹のように一緒に育った。だから小学校に入ってからも、なんの疑問もなく「佑臣」「真白」と呼び合っていたのだけれど……そのうちに、学校では名前で呼ばなくなった。

理由は、学校あるあるで「ラブラブだ〜」とからかわれるようになったから。

そんな小学校低学年からの流れがあり、いまだにそのネタを思い出したように引っ張ってくる幼稚な男子が、ときどきいた。そんなのデタラメだって、わかってるのに。

いっておくけど、私は、まだ誰も好きになったことがない。

そりゃあ、恋愛ドラマを見て「いいなぁ」とは思うよ？

誰かの恋バナを聞かせてもらったりすると「そんな気持ちになるんだぁ」と思ったりもするよ？

もっと白状しちゃうと〝いつのまにか幼馴染を好きになっていた〟っていうストーリーの少女漫画を読んだとき、佑臣と自分に置き換えて想像しようとしてみたよ？

……でも、想像できなかった。

佑臣のことは好きだけど、それは「お姉ちゃんのことが好き」「佑臣のお兄ちゃんのことも好き」と思う気持ちと、一緒だったから。

恋って、そういうんじゃないよね、と思う。

私にはまだ、誰かを好きになるということが、わからない。

そのうちわかるようになるのかもしれないけど、今はわからない。

でも、いつか。

いつか、わかるのかな……。


とにかく「私が佑臣のことを好き」ということはないから、たとえデタラメでも、口にしないでほしいと思う。

そうでなくても、このクラスで「佑臣を好き」というウワサがたったりしたら、とっても面倒くさいことになりそうだし……。


不意に「美早妃～」という女子のコールが飛んだ。そして、それにこたえるように、ひとりの女子が余裕の笑顔で立ち上がった。

「村山美早妃です」

その一言で、教室の空気がパッと華やぐ。

さすが、美早妃……。

美早妃は、どこのクラスにもひとりいる、とても目を引く女子だった。

背が高く、体つきもしなやか。肩スレスレのボブは、本人をぐっと大人に見せている。

現に美早妃は、街ではよく男子中学生に声をかけられるらしい。

クラスのイケてる女子グループのリーダー。それは自動的に、クラスの女子全体のリーダーということを意味している。

「私たちは、今年で卒業ということになります。小学校生活最後の一年間、この六年一組を盛り上げていきたいと思います！」

言うことも完璧。ちょっとした拍手が起こる。

「美早妃〜、好きな子の名前、言っちゃいなよ」

この空気に便乗したように、美早妃グループの女子から、そう声が上がった。

「えーっ、ここで〜?!」

オーバーリアクションをする美早妃。「言っちゃえ、言っちゃえ」という女子。そこに「お？　お？」という男子の声も交じる。

美早妃は、大野佑臣が好き――というウワサがあった。本人から聞いたわけじゃないから、本当のことはわからないけど、少なくとも女子の間では、それが公然の秘密ということになっている。

「えっと～、私の好きな人はぁ……」

美早妃はそこで、いったん溜める。「キャッ、本当に言っちゃうの?!」という声がかかる。

「それは……マイラバのモーリで～す！」

美早妃は、わざと三枚目キャラっぽくそう言った。

そのことなら、おそらくクラス全員が知っている。美早妃は、今大人気のアイドルグループ『マイ・ラバーズ』通称マイラバのメンバー、モーリの大ファンなのだ。教室に「あ～」とお約束の落胆の声が響き、さらにそれを笑う声で、クラスは盛り上がった。

「一年間、よろしくな」

イダテンは、美早妃にそう声をかけた。

この盛り上がった空気の中、次に自己紹介しなくちゃならない人は、ちょっと気の毒だ。

そしてそんな時に順番が回ってくるのが、私だった……。

「上田真白です。えーっと、六年生になったので」

なったので……なんて言おう。

六年生になって、やってみたいこと。または、やるかもしれないこと。

……誰かを好きになるかも。

一瞬、そう思い浮かんだけれど、私は「違う、違う」と頭の中で打ち消した。

そんなことは思っていないのに、美早妃の自己紹介に感化されちゃったらしい。

私は急いで、差し障りのないことを言った。

「六年生になったので、今まで経験したことない何かを、経験してみたいです」

うん。口に出してみてから、本当にそうだなと、自分の言葉に納得した。

「そうか。がんばれ！」

イダテンは、そう声をかけてくれた。

こうして六年生第一日目は終わったのだけれど——。

帰りの会が終わり、昇降口の靴箱のところで、ちょっとした出来事が起きた。

「あーあ。この靴箱で一年間か」

上履きから靴へと履き替えているときに、めずらしくモモちゃんがボヤいた。

見るとモモちゃんは、ちょっと背伸びをしながら、一番上の靴箱に手をやっている。

「私、背が低いのに、一番上になっちゃったよ〜」

すると、意外な人が同じような口調で言った。

「オレもガッカリ。一番下」

同じく、靴を履き替えようとしている佑臣だった。背の高い佑臣に、その靴箱はいかにも使いづらそうだ。

そこに、話が聞こえていたらしい草太が声をかけた。

「大野と百井、逆ならよかったのにな」

草太の一言で、佑臣は「あ！」と言い、笑顔になった。

「そうだよな。……百井、靴箱交換しない？」

「え？」

「そうすれば問題解決。だろ？」

ほがらかにそう言う佑臣。こんなふうに、女子との靴箱交換をサラリと提案できちゃうところが、また佑臣なのだった。

「だな」

モモちゃんより先に草太が答えたけれど、肝心のモモちゃんは迷っている。

「でも……」

当然の反応だ。男子から「靴箱交換しよう」と言われて、なんのちゅうちょもなく「そうしよう！」と言える六年女子なんて、そんなにいないと思う。

男の子と靴箱交換なんて、なんだか特別な感じがするし。

そうなってくると、まわりの目も気になるし。

ただ、モモちゃんは提案そのものには賛成しているみたい……。

「私もいいと思うよ。モモちゃん、大野と交換しちゃえば？」

私は、モモちゃんの背中を押した。

「……うん、じゃあ」

モモちゃんが〝そうしよう〟と言いかけた、そのとき。

「おーおのっ！　どうしたの？」

キャッキャとひときわ目立つ声を上げながら美早妃グループがやってきた。

美早妃にそう聞かれ、佑臣は「実はさ」と、靴箱の説明をした。

「モモちゃんと交換ねぇ」

美早妃はそう言うと、ちょっと考えこむような顔をした。

なんとなくイヤな予感がする。

「私はいいと思うよ」

予想外にも、美早妃は笑顔でそう言った。

反対されなくて、よかった。……そう思ったのも、つかの間。

「でもさぁ、大野……学校としてはどうかなあ」

「学校としては、って？」

「たとえば。ええと……」

「災害のときとか？」

美早妃グループのひとり、聖良がボソッと言った。

聖良は、美早妃グループのナンバー2といわれているクールビューティー。ストレートのロングヘアがよく似合う。

「そう、それ！　災害があったとき、先生は靴箱を見て、いる、いないって判断することもあると思うんだけど」

グループのみんなは「そうだね」「なるほど」とうなずいている。

「じゃあ先生に言っておけばいいか。説明すれば、きっとわかってくれるから」

「う〜ん……言ったとしても、どうかなぁ」

「おい、村山が決めるなよ。大野と百井の問題だろ」

それまで黙っていた草太が口を開いた。

「草太に言われなくても、わかってるよ」

美早妃は、草太に対してちょっと強気でそう答えたものの、まだ「でもさぁ……何があるかわからないし……もし先生がいいって言っても、心配だし……」とブツブツ言った後、

「で、モモちゃんはどうなの？」と、言いだした。

「え？」

「モモちゃんは、靴箱交換したい？」

美早妃は、モモちゃんをじっと見つめた。

グループのみんなも、それにならうようにモモちゃんを見つめている。

「ええと……、私は……」

美早妃は笑っている。でも、どこか空気が重い。

胸がモヤモヤする。なんかイヤだ……。

ちょっと間があり、モモちゃんは答えを出した。

「私、やっぱり交換しなくてもいい。手が届かないわけじゃないから」

「うん。その方がいいかもね」

美早妃はそう言ってにっこり笑うと、「そういえばさぁ」と別の話をし始めた。

私とモモちゃんは、そのおしゃべりに加わらずに昇降口を後にした。


学校前の長い坂道を下り、ちょっとした空き地の横を通り、住宅地を通りすぎ……言葉少なに歩く、いつもの帰り道。

今日は始業式だったので学校は午前で終わり。めずらしく真昼の空の下を歩いている。色の薄い春の空は、雲との境界線があいまいで、どこかはっきりしなかった。

住宅地の中をまっすぐいくと丁字路があり、私たちはそこで立ち止まる。ここがモモちゃんとの分かれ道。ちょうどこの角にあるのが、私の家だった。

私はいつものように、電信柱に体を軽く寄りかからせた。ここで、後ちょっとだけおしゃべりを続けてから別れるのが、ふたりの日課になっていた。

「あのさ、靴箱のことだけど……」

ここまでその話はしないで歩いてきたけど、私はどうしても気になって、ついモモちゃんにそう話しかけてしまった。

「いいの。わざわざそこまでしなくていいかなって、本当に思ったから」

モモちゃんは慌ててそう言うと、私を安心させるように小さく笑って、一言付け加えた。

「でも、ありがとう」

そんなモモちゃんを見て、私はちょうど一年前のことを思い出していた。


四年から五年に進級するときにクラス替えがあり、そこで初めて、美早妃ともモモちゃんとも同じクラスになった。

もっとも美早妃は学年でも目立つ女の子だったから、私のほうは一方的に、美早妃のことを見知ってはいた。村山さんと一緒のクラスになれてうれしいな……最初は、そんなふうに思っていた。

「うちのクラスにミサキがふたりになっちゃう」

美早妃がそう言いだしたのは、それからすぐのこと。

百井美咲――モモちゃんは、それまで「美咲ちゃん」と呼ばれていたらしいのに、美早妃と同じクラスになったばっかりに「モモちゃん」に変更になったのだった。

そのときの私はモモちゃんのことをよく知らなかったけれど、それでも胸の中がモヤモヤした。

「美咲ちゃん」

思わずそう呼びかけたら、モモちゃんは目を丸くして、慌てて言った。

「いいの、気に入ってるから。お願いだから、真白ちゃんもそう呼んでね」

そして一言、「でも、ありがとう」と。

モモちゃんと私は、そのことがきっかけで、急速に仲良くなっていったんだっけ……。

モモちゃんとバイバイしてからも、私は電信柱に寄りかかったまま、しばらくそこに立ちつくしていた。

空を見上げる。

このあたりに高い建物はなく、はっきりしない色をした春の空がとても広く見える。

ここは田舎でも都会でもない。

田舎じゃないから、春といっても、雪解け水や、メダカが泳ぐ小川なんて知らない。そういうのは絵本でしか見

たことがない。だけど黄色いタンポポや、青くてちっちゃいイヌフグリの花、それからきみどり色のアゲハチョウの幼虫なら知っている。

かといって都会じゃないから、テレビで見るような人があふれるスクランブル交差点や、芸能人がいくお店なんて、ここにはない。だけどコンビニならある。ハンバーガーやドーナツのチェーン店も。

道路、住宅地、信号機、スーパー。駅は、遠くもなく近くもなく。それから、古くて大きい公園と新しくて小さい公園。林というほどでもない木々や、よくわからない小さな空き地。一つ二つ目立つマンションがあるにはあるけど、それ以外はさえぎるもののない広い空。

中途半端に自然が残ってて、中途半端に都会の真似をしていて。

私が住んでいるのは、そんなところ――。

「はぁ……」

私は思わずため息をついた。

私の住んでいる世界は、ちっぽけで、ありふれていて、特別なことなんて何もない。たぶん「平和」っていっていいと思う。

なのに、どうしてこんなに心の中がモヤモヤするんだろう。

今日、自己紹介をしようとしたときのことを思い出す。

六年生になったので『誰かを好きになるかも』と、一瞬思った。

でも今の私は、男の子のことなんて考えられない。

それより、女の子のことのほうがなんだかすっきりしなくって……。

いろんな気持ちがまざりすぎて、思っていることを全部言えない。

本音を言えたら……。


——ホンネヲ、イエタラ……


……え？

今、声が聞こえた。

私の声じゃなくて、男の子の声……だったような。
あたりを見回す。でも誰もいない。
……気のせいか。
いろいろ考えすぎちゃったのかも。
本音を言えたら……って。

――ホンネ、ヲ、イエタラ……

……また聞こえた？
気のせいじゃなくて?!

――ねえ。本音って、何？

……確かに聞こえた、誰もいないのに！

「本音って、何？」って質問された……！

やだ。何これ。まさかオバケ？　コワイ……！

とにかくその場を離れると、私は一目散に家へと駆けこんだ。

家に入る直前、念のため、もう一度振り向いてみる。

やっぱり誰もいない……。

急に冷静になった。

私、バカみたい。

もう六年生になったんだから、いい加減、オバケだなんて幼稚な発想はやめようと自分に言い聞かせながら、家に入った。

学級委員決めが行われたのは、その次の日のことだった。

2・学級委員決め

その日は朝から、イダテンのテンションが高かった。

外の空気は冷たかったけれど、春らしい陽射しだけを上手に受け取っている教室は、ちょっとまぶしい。今日は丸一日、新しいクラスのための学級活動の日。イダテンは早速、学級委員を決めようと言いだした。

うちの学校は一年間に二回、男子一名、女子一名の学級委員を決める。四年生までは立候補する人が何人かいたけれど、五年生になった時は誰も立候補しなくて、男女一名ずつ推薦で名前が挙がり、そのまま決まった。

男子は佑臣、女子は美早妃。去年一年間、前半も後半もこのふたりだったので、六年生になった今、またこのふたりが推薦で学級委員に決まるだろうと思っていた。

ところが、イダテンは「立候補」にこだわった。

「自分からやりたいという人にやってもらいたいんだ。少しでもやる気のある人、手を挙げて！」

でも、どんなにイダテンが呼びかけても立候補者は出なかった。さすがのイダテンもあきらめるしかなく、ついに推薦を募ることになったのだけれど……。

「みんなはこの一年間、お互いに仲間のいい面を見てきたと思う。だからぜひ、推薦で何人かの名前を挙げてもらいたいんだ。できるだけたくさんの人に関わってもらって、学級委員に選ばれても、選ばれなくても、みんなで積極的に学級活動に関わっていこう！」

熱い男イダテンとしては、要するにクラスを盛り上げたいらしかった。

推薦を募るとすぐに、佑臣と美早妃の名前が挙がった。でも、その他の推薦は出ない。

「他に、この子はどうかな？　と思う人はいないか。オレはこいつが好きだからっていうだけの理由でもいいぞ！」

イダテンの必死の呼びかけに、ある男子が〝しょうがないなぁ〟という顔で手を挙げた。

「夏坂くんがいいと思いまーす」

「おい、ちょっ、テメェ……」

草太の慌てた声は、クラスのクスクスという笑いにかき消された。草太を推薦した子は、草太といつもつるんでいる仲間のひとり。イダテンが力説するので、もうひとり名前を挙げておくかー、というノリみたいだった。かといって場違いの推薦でもない。

「草太、いいかも」

「大野は去年一年やったんだから、交代してやれよー」

なんて声も飛び交っている。

ふーん。草太って、なんだかんだいって、人気があるんだ……。

ノンキにそんなことを考えていた、そのときだった。

「上田さんがいいと思いまーす！」

……はっ？

ちょっと待って。ウソでしょ?!

私は驚いて、発言した子を凝視した。悪い夢なら醒めてほしい。

私を推薦したのは、五年生の時、一度だけ同じ班になったことがある女の子だった。よくいえば純粋で無邪気、悪くいえば空気の読めない子で……私はその子がトラブルに巻きこまれないようにできるだけ気を配った。その子は何度も、真白ちゃんありがとう、真白ちゃんと一緒の班になれてよかった、と言ってくれた。

だからって……そんな〜。

だいたい、美早妃と肩を並べても見劣りしない女子は他にいる。美早妃グループのナンバー2、クールビューティーの聖良だ。

誰か今の発言を取り消して、聖良を推薦して！

……なんて、できるわけないことはわかっている。

この状況で聖良のことを推薦するなんて、このクラスの女子にはできない。美早妃と聖良を競わせる——そんな両方から恨まれるかもしれない危険なこと、したくないに決まってる。

こうして、黒板には四人の名前が並んだ。

『学級委員決め』
・男子
大野佑臣
夏坂草太
・女子
村山美早妃
上田真白

美早妃の名前の横に、私の名前が並べられている。

最悪……。

イダテンは、候補者の名前がふたりずつ挙がったことにとりあえず満足したらしい。

「じゃあ挙手で決をとります。ぼくが数えるので、みんな目をつぶって」

こんなときに薄目を開けていたなんて言われるのはイヤだから、私は下を向いて頭を抱えるようにして、さらにギュッと目をつぶっていた。

「男子学級委員から聞きます。大野くんがふさわしいと思う人――…………はい、下ろして下さい。では夏坂くんがふさわしいと思う人――…………はい、いいです」

空気が動くのが、なんとなくわかる。でもはっきりとはわからない。ちなみに私は、佑臣に手を挙げた。

「次は女子学級委員です。村山さんにやってもらいたいと思う人――…………はい、わかりました。では上田さんにやってもらいたいと思う人――…………はい、下ろして下さい」

ドキドキする……。

結果はもうわかっていた。圧倒的多数で美早妃に決まり。その覚悟はできている。

私が心配しているのは「36票中、私の票が0だったらどうしよう」ということだった。

女子のリーダー・美早妃と、ごくごく平凡な私。本当に0票になりかねないし、そんな結果になったら、さすがに悲惨すぎる。

モモちゃんは手を挙げてくれる？　友だちとして仲がいいということと、学級委員をまかせたい人を選ぶということは別のことだから、それはわからないよね。

私を推薦してくれた子は？　推薦した本人だけど、なにしろ気が変わりやすい子だから、絶対に私に挙げてくれるとは限らない。

私自身は、美早妃に手を挙げた。でも0票になるくらいなら、自分で自分に手を挙げた方がよかったかも、と後から思ったりもした。でもやっぱり、そんなことできないし……。

情けないと思いつつも、これが正直な私の気持ちだった。

「はい。みんな、目を開けて下さい」

イダテンの声が聞こえた。

私は恐る恐る目を開けた——。

大野佑臣　20票
夏坂草太　16票
村山美早妃　27票
上田真白　9票

ふぅー、と肩から力が抜けた。

私に9票……よかった。とりあえずホッとした。

こうして学級委員は佑臣と美早妃に決まった。

「六年一組の学級委員に拍手！　それから推薦されて候補になったふたりにも拍手！」

イダテンがそう言うと、みんなの拍手が起こった。私も拍手した。27票対9票という圧倒的な差だったけど、美早妃に決まったことと、そして自分に9票も入ったことに心から感謝して、私は一生懸命拍手を送った。

◆　◆　◆

学級会が終わった後の休み時間。

「美早妃」

せまい教室で、友だちの席へ、廊下へとみんながいき交う中、私はちょうど美早妃とすれ違ったので声をかけた。

「私が推薦されるとは思わなかったよ〜。美早妃が選ばれるに決まってるのにさぁ」

ちょっと困った顔をしながらも、笑顔で。美早妃ってやっぱりすごいねって気持ちがちゃんと伝わるように、そう言った。

「またまた〜。私、真白の名前が出たときは、これで今回は学級委員やらなくてすむ！って思ったんだよ。それなのに結局また私になっちゃうんだもん。もう勘弁してよ」

美早妃はそう言いながら、不満顔を作ってみせた。

……よかった。この一言二言の会話で、美早妃と私の間の空気は微調整されて、ふたりの関係はリセットされるって、そう思った。

「うちのクラスの学級委員は、美早妃しかいないから」

私はその言葉で締めくくろうとした。

だけど、美早妃の口からは思わぬ言葉が飛び出した。

「そんなこと言ってぇ。真白、9票も入ってたじゃん。ビックリしちゃった」

「……？」

9票も入ってビックリって……たった9票なのに？

そう思ったけど、深く考えているヒマはない。

「あ、あれは……同情票だよ。私が0票だったらさすがにかわいそうだと思った9人が入れてくれたんじゃない？　それだけだよ」

「その9票、誰が入れたか知ってる？」

「まさか！」

「まあ、いいけどさ。……真白ってズルイ」

え……？

私がポカンとしている間に、美早妃は佑臣を見つけ「大野ー！　私たち、また学級委員になっちゃったね〜！　困るよねぇ」と、駆け寄っていってしまった。

ズルイの？　私が？　なんで……？

私が立ちつくしていると、いつから聞いていたのか、草太がそばに立っていた。

「上田さあ」

「な、何？」

「あの票、同情だと思ってたんだ」

「えーと……だって……相手は美早妃だったし……」

「相手が誰とか、あんまり関係なくね？」

「………」

「オレ、同情って言葉、あんまり好きじゃない」

草太は一言そう言うと、立ち去っていった。

……なによ。

なによ、なによ、草太なんて！　私の気持ちも知らないで！

6年1組
6年1組

言い返したい。でも言い返せない。

悔し涙を必死にこらえ、私はただ、草太の背中をにらみつけることしかできなかった。

＊　＊　＊

「真白ちゃん、今日の学級委員決め、大変だったね」

帰り道、モモちゃんはそう言ってくれた。

「結果は美早妃ちゃんに決まったけど、私、本気で真白ちゃんが学級委員になってくれたらいいなって思ってたよ。真白ちゃんに票を入れた人は、みんな……ううん、真白ちゃんに入れなかった人でも、内心そう思っている人はいたんじゃないかなあ」

「そんな〜。そこまで慰めてくれなくてもいいよ」

「ううん。入れたくても入れられなかった人は、きっといる。絶対いるよ！」

励まそうとしているのだとわかっていても、こうまで言ってくれるモモちゃんの気持ちがうれしかった。

あーあ……。

モモちゃんを見送ってからも、私はその場に立ちつくしていた。ランドセルを電信柱に押しつけて、そのまま空を見上げる。

風はあるものの目に映る空は明るい水色で、やっぱり春なんだなと思う。

9票も入ってたじゃん――美早妃はどういうつもりで、あんなこと言ったんだろう。

胸の中に、なにかよどんだものが溜っている。

なんか、もう……。

私、美早妃のこと……。

――嫌い？

……え？

正体不明の男の子の声が、また聞こえた。気のせいじゃない。

私は慌てて言った。

「誰だか知らないけど、やめてよ。私、美早妃のこと『嫌い』なんて言ってないよ！」

そう言いながら、半径数歩分を注意深く見回す。誰もいない。

もう一度、恐る恐るゆっくりと心の中で話しかけた。

……あなた、誰？

すると、

──誰って、何？

トンチンカンな返事があった。

怖い。

でも勇気を振り絞って、さらに話しかけてみる。

あなた……オバケ？　ユーレイ？　もしかしたら、どこかの星から交信している宇宙人？

──はあ？　オバケとかユーレイとか宇宙人とか、本気で言ってるの？　アハハ。

……正体不明の声に、笑われてしまった。

あ〜、もういいや。

今日はもう話しかけないで、このまま帰ろう。

——ふーん。じゃあね。

……ちょっと。さっきから、何？

私の心の中の声、ぜ〜んぶ聞こえているの？　ほんのちらっと思ったことでも？

——ん？　よくわかんないけど、全部聞こえてるよ。

「いやっ」

私は思わずパッとその場を離れた。

「いったい、誰？　どこにいるの？」

私は全方位を警戒しながら、そう叫んだ。

「真白？　ひとりで何やってんだ」

ふいに名前を呼ばれた。学校帰りの佑臣だった。

続けて、ちょっと遠くから「真白〜、佑臣〜」と、私たちを呼ぶ声。

中学校から帰宅してきた制服姿のお姉ちゃん・早苗が、道の向こうからやってきた。校則通りに結わえた長い髪が揺れている。

　三人そろったところで、今度は「おーい」と男の人の声が聞こえて、同じく制服姿の佑臣のお兄ちゃん・秀臣くんもやってきた。

　秀臣くんは、もう大人の低い声になっていて、身長もかなり高い。お姉ちゃんから聞いた話だと〝携帯のCMの、イケメン俳優に似てる〟って学校の女子に騒がれているらしい……確かにそうかもしれない。

　秀臣くんもお姉ちゃんも、今、中学二年で、一緒に生徒会役員をやっている。学級委員に推薦されてビクビクしてしまう私とは、ちょっと違うのだ。

「早苗に真白に佑臣。みんなそろって、どうしたんだ？」

「あ、秀臣。私も今、きたところ」

　お姉ちゃんと秀臣くんは、お互いのこと、そして佑臣と私のことを名前で呼ぶ。まあ、秀臣くんとお姉ちゃんは、兄であり姉であるからいいんだけど……、

「兄貴、早苗、ちょうどよかった。真白がヘンなんだ」

　なぜか佑臣も、うちのお姉ちゃんのことを〝早苗〟と呼んでいた。小さい頃は〝早苗ち

ゃん〟と呼んでいたのだけれど、いつからか秀臣くんの真似をするようになったらしい。

「真白、なんかあったの？」

お姉ちゃんにそう聞かれて、私は、たった今、自分の身に起こったことを説明した。

「怪奇現象！」「新たなる都市伝説だ！」。私の話を聞いた三人は、一時的に盛り上がった。

けれど、なんだかんだいってもこの場所は私たちが小さい頃から遊んでいる、ごくフツーの住宅地の一角で、何も起こりそうにない場所だったから、結局は、私の気のせいだったんじゃないかという話に落ち着いてしまった。

「でもさ、美人なユーレイだったら、オレ、会ってみてもいいな。服着てないユーレイだったら、もっといい」

秀臣くんがエロトークをぶちこんできたので……カッコイイんだけど、ときどきこういうことを言うのが秀臣くんで……、お姉ちゃんは即座に、ひじてつをお見舞いしていた。

私は家の中へ入る前に、さっき立っていた場所をもう一度振り返った。

やっぱり誰もいない。あの声の正体は、いったいなんだろう……？

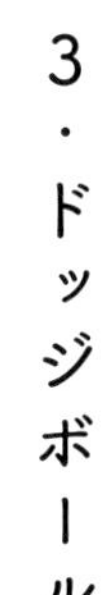

3・ドッジボール

桜は、とっくに散ってしまった。

例の声は、あれ以来聞いていない。というか、私は、声が聞こえたあの場所には近づかないようにしていた。

好奇心がないわけじゃなかった。学校の友だちとも家族とも関係ない人と、心の中の思いを、全部本音で話せたら……。

でも、どこの誰とも正体のわからないまま、私の心が全て筒抜けになるおしゃべりなんて、やっぱりやめておいたほうがいい。

私は、声の聞こえたその場所を遠巻きにながめるだけにしておいた。

木々が緑一色に染まる頃——。

「いくぞー」

「みんなー、気をつけて」

ポヨ〜ン　コロコロ……

六年一組のみんなは、校庭で、ゆる〜い球を投げ合うドッジボールをしていた。

なぜ〝ゆる〜い〟のかというと、それは一年一組の子たちと合同だったからだった。

うちの学校には「なかよしタイム」というレクリエーションの時間があった。月に一度か二度のこの長い休み時間は、一年と六年、二年と五年、三年と四年……つまり上級生と下級生が一緒に遊ぶという時間に充てられていた。一年生と一緒に楽しくできることといえば、ルールがわかりやすいドッジボールしかない、というのが、うちのクラスの学級会での結論だった。

ボールに当たったらコートの外に出る。確かに、極めてシンプルだ。ただ、当然ながら六年生は手加減をしなければならない。一年生には手加減しながら、なおかつ相手チームを攻撃する……ある意味、高度な技術が必要だった。

普段はガサツで威勢のいい男子たちも、この時間だけは、笑っちゃうくらいにスピードを落としたゆる～いボールを投げている。

「当たっても痛くない球、投げるから。いくよ～」

それでも一年生の女の子たちはキャー！　こわいー！　と大さわぎだ。

そんな中、草太は一年生相手に比較的強めのボールを投げていた。

「おおーっ」

一年男子は歓声を上げている。

どうやら草太は、あまり手加減する気はないらしい。

大人気ないヤツ……。


試合が進み、中盤でとうとう当てられてしまい、私も外野へ。

外野にまわると、そこにいる六年の女子たちは、すでにやる気を失っていた。

ヒマそうにおしゃべりしているか、好きな子を目で追いかけて密かにキャアキャア言っている……そういう女子が、ほとんどだった。

そんな中モモちゃんだけは、一年生の面倒をみてあげていた。

モモちゃんって、本当にやさしいな……。

私も見習わなくちゃと思い、モモちゃんのいないほうの外野へと移動した。

校庭にそよぐ五月の風はサラリとしていて、全て包みこんでくれているみたいだった。

内野の人数はどんどん減っていき、とうとう一年生は全員、外野へとまわった。

今コートに残っているのは六人。一方のチームに佑臣、聖良、他男子一人。もう一方のチームに草太、美早妃、他男子一人。三対三。

もう手加減は必要はない。精鋭の六人は、本気でボールを投げ合い始めた。

シュッ、
パスッ。

シュッ、
パスッ。

シュッ！

スピードが違う。音が違う。本人たちの目の色が違う。

六年生、すごーい！　カッコイイー！　一年生からそんな声が上がる。

中でも草太は、一年男子から「草太コール」を送られるほどだった。

「草太は、一年生相手でも、強い子には強い球を投げてあげてたからね。相手にしてもらっているのがわかって、うれしかったんじゃない？」

ある子がそう言っているのを聞いて、そうだったのかな？　と、ちらっと思う。

目まぐるしくボールはまわり、美早妃も聖良も、そして男子二名も脱落していった。

残っているのは大野と草太だけ。ついに、このふたりの一騎討ち。

「大野、勝ち残れー！」

「草太、一気にいけー！」

試合は白熱し、ボールの速度はさらに磨きがかかってくる。

佑臣、外野、外野、草太、佑臣、外野、草太、外野、佑臣、草太……

どちらもミスをしない。これはただのレクだけど、こうなってくると、どういう決着がつくのか見届けたい。

みんなが固唾をのんで見守っていたとき。

「いた〜い。目に砂が入った」

私からちょっと離れたところにいる一年生の女の子が、そう言いだした。

まわりには美早妃グループの子たちしかいない。そのひとりが、声をかける。

「保健室、いったほうがいいんじゃない？」

「保健室わかんない」

そう答えながら、今にも泣きだしそうな女の子。

押し黙る人。「今〜？」と聞こえるか聞こえないかの声で言う人。美早妃と聖良は聞こえていないのか、試合のほうしか見ていない。

もう……。

そりゃあ私は好きな人がいないから「ここに残って、好きな男の子をながめていた〜い」なんて気持ちはないけど、それでも私だって、この試合を最後まで見届けたいんだけど。

……とは思ったものの、とにかく今、困っている子がいるんだから仕方がない。

「じゃ、一緒に保健室いこうか」

女の子に駆け寄ってそう言うと、その子はホッとしたような声で「うん」と返事をした。


「なかよしタイム」は終わったので、私は保健室からそのまま教室へと戻った。校庭の砂ぼこりと熱気をまだ引きずっているような教室の前の廊下で、ちょうど佑臣とすれ違う。

「勝負、最後どうなったの？」

「あれ？　サボってたんだ」

意外そうに、そしてちょっと不服そうな顔で佑臣にそう言われた。保健室にいた私の顔に熱気はなかったから、そう思われたのかもしれない。でも一からその説明をするのも面倒で、私は「違うよ」とだけ答えた。すれ違いざまだったので、会話はそれでおしまい。

結局、試合の結果はモモちゃんから聞いた。最後の最後で草太がよそ見をしてしまい、草太の負け、佑臣の勝ち、だったそうだ。

でもまぁ、ああいう試合は結果ではなくて、白熱した場面に立ち会いたかったということが心残りなだけなので、その後ドッジボールのことは私もすっかり忘れてしまっていた。
それなのに――その日の帰りの会のことだった。

「先生はうれしかった！」

『先生の話』のとき、イダテンは突然そう切りだすとドラマチックに語りだした。

「ぼくは見ていた。みんなが試合に夢中になっている中、そっと一年生の手をとり保健室に連れていってあげていた子のことを……。上田さん、立って！　はい、やさしい女の子に、みんな拍手！」

イダテンの勢いに押されて、みんなはパラパラと拍手した。

うわー、うれしくない……。

六年生にもなると、こんな形で注目を浴びるのは恥ずかしいだけだった。

ただ、ひとつだけいいことがあった。

「そうだったんだ、ごめんなー」

佑臣が思わずといった調子で、自分の席から大きめの声で、私にそう言ってよこした。

ちょっとした誤解が解けて、そのことだけはよかった、と思った――。


「真白。ちょっといい？」

美早妃にこっそりそう言われたのは、帰りの会が終わった直後のことだった。

「お願いしたいことがあるんだけど」

美早妃は、半分笑顔、半分頼み事をするときの申し訳なさそうな顔をしている。

「なあに？」

「私、バスケ部に顔を出したらすぐ抜けて戻ってくるから、教室に残っててもらってもいい？　グループの子はヌキにして、私と真白のふたりだけで話したいの。あ、モモちゃんも一緒でいいから」

私は「わかった」と伝え、モモちゃんと一緒に美早妃が戻ってくるのを待った。

実は、ちょっとうれしかった。

モヤモヤすることもあるけど、美早妃が女子のリーダー的存在であることには変わりない。その美早妃が、お願いしたいことがあるなんて……。なんだかとても特別で、信頼されているような気分になった。

美早妃のお願いって、クラスに関係することだよね。

グループの子には言えないような悩みとか、クラスの中でのトラブルかなあ。

イダテンがほめてくれたことで、私への信頼が増したのだとしたら、あながち、みんなの前でほめられたのも悪いことじゃなかったのかもしれない。

できるだけ力になろう。

私はそんな気持ちで、美早妃が教室に戻ってくるのを待っていた。

ほどなくして美早妃が教室に戻ってきたので、美早妃、モモちゃん、私の三人は、空いている席に座った。

誰もいない放課後の教室は、一日が終わって脱いだシャツみたいにぬくもりが残っている。だけど同時に、今日はもう着たいとは思わない、くたびれた空気に満ちているともいえた。

「真白にお願いする前に、確かめておかなくちゃならないことがあるの」

美早妃はいきなり、そう切りだした。

「真白、好きな人、いる？」

「は？」

あまりにも予想外な質問に、私はキョトンとした。

「だから、好きな人。いる？　いない？」

「……いないけど」

「そう。……じゃあさ、真白は大野のことを好きじゃないって思ってもいい？」

「え？」

「それとも本当は、やっぱり大野のことが好き？」

「えーと……」

すぐに答えないと、ややこしいことになる。そうは思うものの、なんて答えたらいいのかわからない。

好きだけど……、でもそれは幼馴染で、友だちで……。

私の返事がないことを、美早妃はじれったく思ったらしい。

「真白と大野が幼馴染だってことは知ってるってば。そういうんじゃなくて、私が聞きたいのは、カレカノになって、デートしたりとか、手をつないだりとか、そういうことをしたいって思う、恋愛感情の〝好き〟かどうかってこと。……わかってよ、そのくらい」

「そ、そういう意味なら好きじゃないよ」

「マジで？　ホントに？」

「マジで、本当に」

「じゃあ、もしも大野が真白のことを好きだったとしても、真白は大野のことを好きにならないって誓える？」

問い詰めるように迫る美早妃。モモちゃんもチラッと私を見る。

「誓うよ！　大野が私のことを好きなんてありえないと思うけど、もしそうだとしても、私は大野とつきあいたいとか、そういう気持ちはこれっぽっちもないから」

「そっか……ああ、よかった〜。それなら思いきって言うけど。私、実は大野のこと好きなんだ！」

「…………」

そのことは、うちのクラスの女子、ほとんどが気づいていると思います……。

「だからね、真白。私と大野が上手くいくように協力して」

……美早妃のお願いって、これだったのか。

なんだか、がっかりした。

それって、美早妃と佑臣が両想いになるように協力するっていう意味だよね……。

正直いって、そういうことは苦手だった。それに、佑臣に対してあれこれ裏工作するのもイヤだ。恋愛感情はなくても、佑臣は私の大切な友だちだから。

「ごめん。私、そういうこと上手くできないから」

「そうじゃないの」

美早妃は、妙に明るい声で言った。

「真白は何もしないでいいから。……むしろ何もしないでほしい」

「……？」

「真白、大野と仲良くしないで」

「……?!」

頭の中が整理できない。え？　え？　え？　と思っている。

「もし真白が大野のことを好きだったら、こんなことは言わない。だから最初に確認したの。でももう、真白は大野のこと好きじゃないってわかったから」

「……」

「いいよね？　好きじゃないんだから」

美早妃は笑っていた。お願いしているようで、でも、そのお願いは聞き入れられて当然という空気で……たとえば学級会の時、多数決で決まったことに対して「これで、いいですか？」と言われているような感じだった。

確かに私は、佑臣に恋愛感情はない。けど……。

「仲良くしたら、いけないの？」

「いけないってわけじゃないけど……真白、ズルイんだもん」

「ズルイ？」

またズルイって言われた。学級委員決めのときも、なぜかそう言われたっけ。

「そうだよ。今日だって、イダテンに『やさしい女の子』って言わせて、大野の前で点数稼ぎして」

「誤解だよ。あれは、たまたまイダテンが見てただけ」

「今日のことだけじゃない。……学級委員決めのとき、真白に票を入れた9人、誰だか知ってるんでしょ？」

「え、知らないよ？　……モモちゃんも知らないよね？」

「うん。目、つぶってたもん」

ところが、美早妃は美早妃で「え？」と驚いている。

「じゃあ本当に、ふたりとも目をつぶってたんだ」

「みんな、そうなんじゃないの？」

「私、薄目開けてた」

「……」

「もちろん、だからって全部はわからないよ。でも、うちらのグループで話を合わせると、真白の9票のうち8票までは誰が入れたか、もうわかってる」

「…………」

「真白が大野を好きじゃないって言うなら、教えてあげるけど……」

美早妃は、ちょっと言いよどむと、悔しそうな顔をした。

「真白に入った9票のうちの1票は、大野なんだよ！」

「え……」

「だからさ、ね？　大野のことを好きじゃないなら、これ以上、大野と仲良くする必要はないでしょう？　私に大野をゆずってほしいの」

「ゆずるって……」

「なるべく口をきかないとか、近寄らないとか……距離をおいてくれればいいからさ。女子同士、協力しようよ！」

「でも……」

「ドッジボールと一緒！　試合に関係ない人は外野に出ていてほしいだけ」

外野……。

「そのかわり、この先もし真白に好きな人ができたら、そのときは私も協力するから！」

美早妃は、私の手を取って、ぐっと握りしめた。

「このことは、うちらのグループの子たちにも言わない。仲良さそうに見えるかもしれないけど、イマイチ信用できないんだよ、あのグループ……。これは、私と真白、それからモモちゃんもいいよね？　三人だけの秘密の約束！」

突然そんなことを言われてオロオロしているモモちゃんをよそに、美早妃は、話は終わったとばかりにもう立ち上がっている。

「じゃあ、よろしくね！」

ちょっと待って。

そう言いたいけれど、言えない。

呼び止めたところで、私は今、自分が何を思って、美早妃にどう伝えたいのかが、自分でもわからない。ただ漠然と、何かが違うと思っている。

その時、上機嫌の美早妃とすれ違うようにして、草太が教室に入ってきた。

「あ、草太。……そういえば、アンタもそうだったよね～」

「は？　なんの話？」

「学級委員決めの話。草太も、真白に手を挙げてたよね～」

え、そうなの？　……意外だった。

「おい、なんでそんなこと知ってんだよ」

「特別ルートでわかっちゃうの。……そうだ、他に誰が入れたのか、真白に教えてあげる」

そう言うと、美早妃は勝手にしゃべりだした。モモちゃん、佑臣、草太、それから私のことを推薦した女子と、男子四人の名前……。

「これで八人。あとひとり、一番後ろの列の子だったみたいでわからないんだけど、まぁ、だいたいそんな感じ。……じゃあ真白、約束ね！」

「約束ってなんだよ」

草太が横から口をはさむ。

「真白は外野にまわって、内野の私に協力してくれるって話。ねーっ！」

美早妃は満面の笑みを浮かべると、バスケ部へと戻っていった。


美早妃がいなくなり、この教室は今日の役目を終えたようだった。

「いっけね。オレ、忘れ物取りにきたんだっけ」

タオルを手に取り教室を出ていこうとしている草太を、私は思わず呼び止めた。

「待って、草太。あの……学級委員決めの話、本当？」

「ああ。確かにあのとき、上田に入れたけど……」

草太は、そこでちょっと考えた。

「でも取り消し。オレ、同情票のつもりなかったから」

「……」

「それより」

「何？」

「上田って、いつも村山に遠慮してない？」

「……。別に、そんなことないけど」

「なんで本音言わねーの？」

それだけ言うと、草太はつまらなそうに教室を出ていってしまった。

◆ ◆ ◆

その日の帰り道。

「草太、ムカつく！」「女子の人間関係、なんにもしらないくせに！」

モモちゃんはほとんど話さなかったので、私ひとりがしゃべり続けながら歩いた。

私が口にしていたのは草太への文句。あまりいいことじゃないけど、女子って、男子に対する悪口はなぜか気楽にいえる空気があるので、イライラする気持ちをそのまま言葉にしてぶつけることができた。

逆に、女子のことは……特に悪口というわけじゃなくても、慎重になったほうがいいことは経験上わかっている。だから、美早妃のことは口にしなかった。

だけど、いつもの分かれ道に着いたとき、私は一言だけ言った。

「私、美早妃の言ってること、よくわかんなかったな」

私の気持ち、モモちゃんにわかってほしい――

けれどモモちゃんの口から飛び出したのは、私の予想とは真逆の一言だった。

「私は…… 〝真白はズルイ〟って言ってた美早妃ちゃんの気持ち、ちょっとだけわかるような気がした」

「え？」

「もちろん真白ちゃんはズルくないよ。ただ……真白ちゃんは、いつも内野だから。外野にいる私の気持ちは、わからないと思う」

モモちゃんはそれだけ言うと、「ごめん」と小さい声で付け加えて、そのまま消えるように帰ってしまった――。


なんで？

なんでみんな、私のことをそんなふうに――。

絶望的な気分だった。

美早妃も、草太も、そして、いつでも私の味方でいてくれると思っていたモモちゃんまで。

何か叫びたかった。だけどここには、海もなければ山もない。叫べるような場所なんてない。

それなら叫ばなくてもいい。……誰かと話したい。

心の中で思っていることを全部話せる、誰かと。

今感じている、やりきれない、重苦しい何かを吐きだしたい。

私の体は、何かに吸い寄せられるようにふらっと動いた。一歩、二歩、三歩と歩き、しばらく避けていた、あの場所に立つ。

そして私は、電信柱に寄りかかった。

……もうイヤ！　みんな大嫌い!!

そのときだった。
――今「みんな大嫌い」って言ったよね。……嫌いって、何？
例の声が聞こえた。

私は深呼吸をひとつすると、恐る恐る、心の中で呼びかけた。
私は、真白。六年生の女の子。

――きみは、真白。

そう。
あなたは、誰？
ううん……あなたは、何？

4・あなたは、何？

——ぼくは何か、って？


そう！

やっとかみ合った会話に、ちょっとうれしくなる。だけど……。

——さあ。


さあって……。

人のことを、からかっているようには聞こえない。なんて答えたらいいのか、わからない、というように聞こえる。私は、質問を変えてみた。

あなたは今、どこにいるの？

——どこって？

影に隠れているとか、アスファルトの上とか。実は私の目の前にいるとか。

——何言ってるの？　ぼくは、ずーっとここにいるけど。

ここって？

——ここだよ。一緒にいるでしょ。真白、手を見て。

私は、自分の手を見た。空いてる片方の手を見て、なんか違うなぁと思って、もう片方の、電信柱についている手を見た。

——ほら。ここ。

「ここ」って……。というか、これって……。

少しひんやりする感触。そこに「ある」としかいいようのない存在。地面から二階くらいの高さまでズンと立っているコンクリートのかたまり……。

あなた、電信柱……?!

——電信柱っていうの？　じゃあ、それだ。

え……。

私は思わず、電信柱から手を離した。

あなた、電信柱だったの?!

……無言。返事はない。さっきまで、あんなにしゃべっていたのに。

なによ、黙っちゃって。

そう言って、ポンと電信柱を叩くと、また、

——…っ。

と、声が聞こえた。

ポン、ポンと叩く度に〝あ〟〝ちょっ〟と声が聞こえる。

私はもう一度、今度はゆっくり電信柱に触れると、心の中で言った。

聞こえる？

——聞こえるよ。

どうやら手や体を通して、私の心の声が伝わっているらしい。

それしても、心の声が聞こえるって、どういうことだろう。今私が思っていることは、全てこの電信柱に伝わっているってこと？

——そうみたい。

……あ、ああ、そう。

それは、とてもとても不思議なことだった。

そもそも電信柱とおしゃべりしているっていうこと自体が不思議なんだけど、それを受け入れたとしても、私の心の声を全部聞かれてしまっているということは、なんだかとても、へんな感じだった。

だって、こうして「電信柱とおしゃべりしていることが不思議」と思っていることも、「この心の声が、全部聞こえているんだ」と思っていることも全て聞こえてしまっているなんて、人と人の間ではありえないこと……もしそんなことがあったら、大変なことだ。

――何が大変なの？

だって……。大変は大変なんだよ。

――ふうん。心の声がいちいち全部聞こえていたら、世の中、大混乱になるんだ。へぇ。

……そうだった。この電信柱には、私の思っていることが全部筒抜けなのだった。

つまり私は、この電信柱に一切ウソはつけないってことになる。

――ウソって何？

ウソっていうのは……本当のことと違うこと、かな。

――よくわかんない。

そっか。電信柱には、わからないか。

――もっと近くにきてよ。

私は、さらに一歩、電信柱へと近寄った。

――もっと。

もう充分近くに寄っていたけれど、さらに一歩近づいた。体の片側を全部電信柱に寄りかからせ、足の甲の側面もピッタリと付け、ついでに頭をコテッと電信柱の硬いコンクリートにあずけた。

もうこれ以上、近づけないよ……そう思った途端。

ヒュ――――――ン

視界が霞むほどの速さで、空に向かって引き上げられていく。たとえるなら、それは、いきなり高速のエレベーターに乗ってしまったような……それとも、体がぐにゃりとゴムみたいにやわらかくなって、そのまま上にどんどん伸びていくような、そんな感覚。

でも、それはほんの一瞬。

気がつくと、私は電信柱の横に立っていた。いや、正確にいうと、電信柱のてっぺんに、私の視線は移動していた。

うわあ……。

私は今、いつも歩きながら目にしている景色を、真上から見下ろしている。

今歩いてきた通学路。丁字路の一方はモモちゃんちのテラスハウスとその先の広い道路へと続く道、もう一方は、小さな公園へと続く道。少し遠くには林。小学生のランドセルの色や、中学生の制服が点々と見える。すーっと動いているのは自転車。

すぐ真下には、意外と重量感のある電線が数本。その電線を横にたどっていくと、隣、その隣と並ぶ電信柱。それを目でたどっていくと、どこからか電信柱は数えられなくなっていき、そのまま空へ溶けこんでいく——。

ほおに風を感じるのは、ここが高いところだからか、さえぎる建物がないからなのか。

空は、夕焼けと呼ぶにはまだ早い、海の浅瀬がどこまでも続いているような水色が広が

っている。でも空の端だけは本当にうっすらと色づき始めていて、水色と薄いオレンジ色の淡さが絶妙な具合に溶けあっていた。

……すごい。

──そう？

いつも、こんな景色を見ているんだ。

──見てる、っていうの？　別に、ここにいるだけなんだけど。

ここにいるだけ……電信柱にとっては、確かにそうなのかもしれない。

と、思ったところで気がついた。

今、私は……私の体は、どこにあるの？

──真白は、そのまま。

そう言われて下を見る。

電線数本と、まだ点灯していない電灯のずっと下に、たたずんでいる私がいた──。

電信柱については、この後何日もかけて話をしていく中で、少しずついろんなことがわかっていった。でも、どんなに話しても謎は多く、全部を理解することはできなかった。

何より、電信柱は自分のことについてよくわかっていなかった。

知識もどこかちぐはぐで「学校の宿題」とか「スマホの電波」はわかるのに、「楽しい」とか「悲しい」とか、私にとっては当たり前の言葉が通じなかったり……なかなか会話が進まない。

わからない部分は、ああなんじゃないかな、こうなんじゃないかな、と私が勝手に想像で補って、それでやっと、なんとなくわかったことをまとめると――。


電信柱と話ができるのは、私だけだった。

――話をするのは、真白だけ。

電信柱がそう言っているから、間違いない。

――ていうか、なんで真白だけ、こうなの？

電信柱にそう聞かれたけど、私のほうこそ知りたかった。

試しに、私は別の場所の電信柱に同じことをしてみたけれど無駄だった。

どうして私だけ、そして、どうしてこの電信柱だけなのかは、わからない。
思い当たることといえば、学校帰りに友だちとバイバイするのは、いつもここだったということ。

……もしかして、私が一年生の頃からずっと見ていたの？

――まさかぁ。〝ホンネヲ、イエタラ〟っていう声が聞こえてきて、初めて真白のことを知ったから。

どうやら、あの日突然、ネットの回線が開通したみたいに、電信柱と私の何かが通じ合ってしまったらしい。

それ以前のことは、電信柱にもわからないようだった。このへんのことは、私たち人間が生まれる前のことを訊かれてもわからないのと同じなのかなと思っている。

私とおしゃべりしていないときは、どうしているの？

そう聞いてみたら、一言、

――さあ？

という返事。

ほとんど無意識に、ただただ立っているだけという様子だった。……まぁ、それが本来なのかもしれないけれど。


電信柱への意識の上り下りは、一度覚えてしまえば、むずかしいことではなかった。

意識をスーッと上げれば、一秒くらいで、もうてっぺんへと上っていた。

下りるときはさらに早く、意識を下へと向けさえすれば、瞬きする間に元の体に戻れた。

簡単すぎて、そのつもりがないのに下りてしまうという失敗が何回かあった。


ちなみに、こんなに不思議な現象が起きているのだから、それ以外のこと……未来が見えるとか、時間を止められるとか、魔法を使えるとか、そういう何かちょっとお得って感じのことはないかと探してみたけれど、そういうことは一切なかった。

「誰にも内緒で、心の中で話ができて」「上からの景色が見える」……ただ、それだけ。

強いていえば、上から景色が見えるので、見える範囲で人の動きがわかるということぐらい。……でもそれだけで、私は充分満足だった。

というようなことは、あとから少しずつわかってきたことで――。

初めててっぺんまでいったこの日は、ただただ目に映る景色が信じられなかった。

この、広い空……。

そして、この空を前にしても、ううん、この空を見ているから余計に、美早妃と草太、そしてモモちゃんのことが切なく、胸がヒリヒリと痛かった。

……みんな大嫌い。

――だから教えてよ。……嫌いって、何？

電信柱にそう聞かれて、困った。

嫌いっていうのは……「好き」の反対。

――じゃあ「好き」って、何？

「嫌い」の反対……？

――全然わかんないんだけど。

……だよねぇ。

本当に単純な言葉なんだけど、単純なだけに説明がむずかしい。

えーっとね。

嫌いっていうのは……「あー、もー、イヤ、イヤ、イヤ！」って思う気持ちのこと。

滅茶苦茶な説明だと思ったけど、これが一番、自分の気持ちに近い。

――そんなにイヤなんだ。じゃあ、そいつらみんな、倒れて壊れて、粉々になっちゃえ、って感じ？

電信柱は、自分の身に置き換えたのか、そういう表現をした。

美早妃も草太もモモちゃんも、倒れて壊れて、粉々に……。

いや、そうは思ってないけど。

――結局、なんなの？

……なんだろう。

美早妃のことも、草太のことも、モモちゃんのことも……私、本音ではどう思っているの？

――また出た。だからさ……本音って、何？

本音……。

本音っていうのは、口で言ってることとは違う気持ちや、誰にも言えない気持ちのこと。

つまり、心の中で本当に思っている気持ちのこと。……わかる？

――全然わかんない。

………。

空は、刻々と変わっていく。さっきまでの空の色とはまた違い、淡いオレンジ色が広がってきつつあった。

みんな大嫌い……。

美早妃も、草太も、モモちゃんも。

それって、私の本音……なの？

あの……。

私はおずおずと、電信柱に話しかけた。

やっぱり「みんな大嫌い」って言ったのはナシ。忘れて。

――はあ？

言ってることがコロコロ変わって、ごめんなさい。

確かに「大野と仲良くしないで」と言ってきた美早妃のことを思うと、モヤモヤする。

「なんで本音言わねーの？」という草太に対してはムカついてるし、「外野にいる私の気持ちは、わからないと思う」というモモちゃんの言葉は、悲しくてショックだった。

だけど、三人まとめて「みんな大嫌い」と言いきってしまうのは、なんだかちょっと、違うかな……。

少しずつ変わっていく空の色を見ながら、私はそんな気持ちになってきていた。

特に、モモちゃんに対しては。


時間がたって、だんだん心配になってきた。

モモちゃんと、ちゃんと話したい。

でも、明日モモちゃんが口をきいてくれなかったらどうしよう。

このままもう仲良くできなかったら？

……そんなの、イヤだ。

もう一緒にいられないのかな。モモちゃん……。


見下ろしている景色の中に、駆けてくる女の子の姿を見つけたのは、その時だった。

「真白ちゃん！」

不意に名前を呼ばれてパッと顔を向けると、私はもう元の体、自分の身長に見合った視線に戻っていて、目の前にはモモちゃんが立っていた。

「モモちゃん！」

「ごめんね。……私、つい八つ当たりしちゃった。一年生にやさしくしていたことを、真白ちゃんだけが注目されて、ほめられていて……なんだか悲しくなってきちゃって……」

あ……。

気づかなかった。

そうだよね。モモちゃんは、ひとりでずっと一年生の面倒をみていたのに……。

「モモちゃん、ごめん……！」

「ううん、真白ちゃんが謝ることじゃない。私こそ、ごめんなさい！　真白ちゃんと別れてから、明日仲良くできなかったらどうしよう、このまま友だちでいられなくなったらどうしようって、すごく心配になって、いてもたってもいられなくなって……」

「私も同じ気持ちだった……、モモちゃん、引き返してきてくれてありがとう！」

ふたりで謝って、少し照れたような間があって。

そしてすぐに、ふわっと何かが合わさるように、いつもの私たちに戻っていった。


もしかしたら、私たちに外野なんてないのかもしれない。

学校っていう内野で、見えないボールをひたすら避けたり、上手に身をひるがえしたり、時には覚悟を決めて、受け取って投げ返したり。

ずっと、内野のコートに立ち続けているのかも――。

空は、いつのまにか薄桃色に染まっていた。

5・わかってほしい

次の日。

「真白、モモちゃん、おっはよ―――！」

教室に一歩足を踏み入れると、ひときわ目立つ美早妃の声が真っ先に耳に飛びこんできた。

「お……おはよう」

「ねえ、昨日の『マイラバ・ブラボー』見た～？」

美早妃が動くとグループ全員が動く。私とモモちゃんは、あっという間に美早妃たちに囲まれていた。「おはよう」だけならともかく、こんなことは初めてだった。

「っていうかさー、真白もモモちゃんも、マイラバ好き？」

「うん……」

完全に美早妃のペースにのせられて、モモちゃんが遠慮がちに答える。すると美早妃はグループの子たちの顔を見回して言った。

「モモちゃんもマイラバ好きだって」

「キャー！」

グループの子たちは歓声を上げる。

「じゃあ、誰推し？」

「ええと……ゼンくん」

「キャー！」

「真白は？」

「うちは、私よりお姉ちゃんがファンで……」

「真白のお姉ちゃんは誰推し？　真白は？」

「お姉ちゃんはゴッチン、私はあんまり知らないけど……ユッキーって子かな？」

「キャー！」

美早妃はキャッキャと盛り上がっている。美早妃が私をチヤホヤ扱えば、グループの子たちも一目置いて接してくる。

　マイラバの話、男子の話、おこづかいをためて買いたい物ベスト3の話……美早妃たちとのおしゃべりは、にぎやかでキラキラした気持ちになれる楽しさがあったけど、でも正直、興味がない話ばかりできゅうくつな気持ちになる、そんな居心地の悪さもあった。

　美早妃のペースに巻きこまれて戸惑っていたのは、私やモモちゃんだけではない。

　クラスのまわりの子たちの目にも、とても不思議に映ったようだった。

「今日、美早妃たちと仲が良いね」

　なんとなくうらやましそうに、そう話しかけてくる子がいた。

「なんかあったの？」

　ちょっと怪訝そうな顔をして、そう聞いてくる子もいた。

「フーン……」

　しらっとした目で見ている男子もいた……草太だった。

四時間目が終わると、お昼の校内放送が流れてきて給食の用意が始まる。

その日私は給食当番だったので、配膳室から給食を運びだしていた。クラスごとの配膳ワゴンはもう持っていってあったので、私はデザートの箱を運ぶ。

そこへ佑臣が通りかかった。私が持っている箱を見ると、わざとゲッという顔をした。

「今日のデザート、豆乳ババロアかー」

「なるべく残さないで食べような！」

私がイダテンの定番ゼリフをマネして言うと、佑臣は苦笑した。佑臣は豆乳がキライなのだ。私も軽く笑った。

ものの一分もしない、すれ違いざまの立ち話。ただ、それだけのことだった……。

校内放送が流れるいつもの昼休み。

「真白～」

給食当番の後片付けが終わって教室に戻ると、待ち構えていたように美早妃に声をかけられた。まわりにグループの子はいない。モモちゃんだけが私のそばにいる。

「さっき大野と仲良く話してたね。真白ったら、外野にまわるって約束したのに～」

そう言うと、美早妃はかわいくすねた。

「今度大野に話しかけられたら、テキトーにスルーしてみてよ、ねっ！」

「美早妃、そのことなんだけど……」

次の一言は、ちょっと勇気が必要だったけど言った。

「私、やっぱりフツーにしていようかなーって思って」

「どうしたの？　きのうの話、忘れちゃった？　真白にとって大野と仲良くするメリットは何もない。だから外野に出てって、約束したじゃない」

「でも……」

「真白は、まだ誰かを好きになったことがないから、わからないんだよ。でも、そのうちわかるから。真白が誰かを好きになったときは、私、絶対協力してあげるから」

確かに、私には好きな人がいない。まして佑臣を好きなわけではない。

でも、だから……なの？　だから美早妃のいう通りにしなくちゃいけないの？　だから佑臣と仲良くしたらいけないの？　だから外野にいなくちゃいけないの？

私は、本当にそうしたいと思っているの？

――本音って何？

あの空と、電信柱の声を思い出した。

「……にはいかない」

「え？」

「外野にはいかない……私、内野にいる」

「真白、何言ってんの？」

「美早妃の気持ちは応援してる。だけど、大野とも……。そんな不自然なことしないで、今まで通りフツーにしているよ」

「なにそれ……。真白、やっぱり大野のこと好きなんじゃない」

「そういうことじゃないって」

「真白のそういうところがズルイんだってば」

「わかって。私は本当に、大野とも美早妃とも仲良くしたくて……」

「もういい。真白なんて知らない」

「美早妃？」

「──」

「ねえ、美早妃！」

「──」

美早妃は、もう何も言わなかった。目の前にいるのに完全無視。

……美早妃は、このまま私のことを無視し続けるのかな。

今は昼休み。この後の残りの一日。そして明日。明後日。もしかしたら、ずーっと……。

美早妃がそんな態度をとれば、美早妃グループの子たちも、みんなそうするようになるかもしれない。そのうちクラスの女子全員が私のことを無視するようになって、やがて男子も含めたクラス全員が――。

そんな中、学校にくるのは……さすがにキツイな。

絶望的な気持ちになった、そのとき。

「み…、美早妃ちゃんっ」

ずっと黙っていたモモちゃんが、思いきったように言った。

「真白ちゃんはズルくないよ！　フツーにしていたいだけなんだよ！」

モモちゃん……。

何人かが教室に戻り始めてきた。気がついたらお昼の校内放送はとっくに終わっていて、体を動かして上気した顔の男子たち、どこかでおしゃべりしていたらしい女子たち、そして美早妃グループの子たちも戻ってきた。

「美早妃～、話、終わった？」

「終わった。……もう、いい」

美早妃はそう言って、自分のグループに駆け寄っていった。

〝もういい〟の一言だけが教室で浮き上がり、一瞬、教室は異様な空気に包まれる。でもその違和感は、ざわざわする教室の中でうやむやに消えていった。

「なんか、すげーじゃん」

ざわつきが戻り始めている中、草太が声をかけてきた。

「おもしろがらないでよ。何もしらないくせに」

「ま、確かにオレはしらないけどさ～」

そう言いながら、草太はそのまま通りすぎようとした。だけど……

「上田」

すれ違いざま、草太は一瞬、顔の前で親指をグッと立ててみせた。ちょっと笑っている。

「なによ」

私はそう言って口をとがらせたけど、草太はそのままいってしまった。

ヘンな草太。

だけどもしかして、あれは私のことを励ましてくれていたのかな？

もし、クラスのほとんどが私を無視するようになっても、草太はこうして、私に話しかけてくれる数少ないひとりになってくれるのかな……。

それは、とても心強いことで、無理にとがらせた私の口は、ゆるゆると中途半端にひっこんでいくのだった。

＊＊＊

ドキドキしたよね、ハラハラしたよね、ホッとしたよね。

帰り道、モモちゃんとそう話しながら歩いた。

ドキドキ、ハラハラしたのは、もちろん美早妃と話した昼休みのこと。

「美早妃ちゃんにハッキリ言ってて、真白ちゃん、すごいって思った」

「モモちゃんこそ、美早妃相手に私のことかばってくれて……。あんなことしたら、私と一緒に無視されちゃってたかもしれないのに。すごくうれしかった、ありがとう」

「それにしても、よかったねぇ」

「うん。ホッとした……！」

あの後――美早妃が私たちのことを無視しても、他の女子は、私たちのことを無視しないで、いつも通りに接してくれた。

その空気が勝ったのか、美早妃の気持ちがある程度収まったのか。

帰りの会が終わって教室を出るとき「また明日ね」と声をかけたら、美早妃はものすごく不愉快そうではあったけど、それでも「じゃーねっ」と答えてくれて……モモちゃんと私は、とりあえず胸をなでおろしたのだった。

明日からは、きっと大丈夫、って。

いろいろあったけど、何はともあれ無事に終わった。


思いきって本音を言って、よかった……。

私は電信柱のてっぺんで、空を見ながらそう言った。

今日の空は少し曇っていて、全体的に灰色がかっている。きれいな夕焼けを迎える準備がいつもできているわけではない。そんな当たり前のことに、あらためて気がつく。でも、これも空なんだって思う。

――「本音」を言うって、そんなに大変なこと？

電信柱にそう聞かれた。

……そっか。こうして心の声が全て伝わってしまうから、電信柱にとっては「本音」ってものが、わからないんだ。

私は考えながら、電信柱に言った。

「本音」を言うっていうのは……全部が全部大変ってわけじゃないけど、場合によっては、とってもむずかしいかな。言いにくいこと、わかってもらえるかどうかわからないことを言わなくちゃいけないときは、よし！　って気合いを入れる必要があるし。

――どうして、言いにくいことでも言わなくちゃならないの？

それは……。

あらためて考えた。言いにくいことでも、言いたいことを思いきって伝えるのって……なんでだろう。今日、美早妃に伝えようと思ったときの気持ちを思い出す。必死になって自分の気持ちを伝えた、その理由は……。

わかってほしいから。

——わかってほしい？

うん……！

きっと、そう。みんな、自分の気持ちをわかってほしいから、言いにくいことでも思いきって伝えるんだと思う。

空は灰色だけど、明るさは残っている。今日みたいな日は、この光の加減が少しずつ弱まっていき、そのまま夜を迎えるのだろう。


「真白」

「あ、佑臣」

不意に名前を呼ばれて、私の視線は元の位置に戻った。

「今日、村山となんかヘンだったけど……大丈夫？」

「ありがとう。大丈夫」

「なら、いいけど」

佑臣は、何気ない感じでそう言った。

この佑臣のことを、美早妃がね……。そのことが元で、私はこんなに振り回されているんだっけ。

……そうだ。

もし佑臣が美早妃のことを好きなら、なんの問題もないんじゃない？

正直、美早妃にはモヤモヤする気持ちがあるけど、お互いに好きで、両想いなんだとしたら、それは素直に喜んであげるべきことだ。私が間を取り持ってもいい。

とはいっても佑臣の気持ちはわからないし、もちろん美早妃の気持ちを勝手にばらすなんてことはできない。

もし何か手掛かりになりそうなことがあったら……そういう軽い気持ちで、私は佑臣に聞いてみた。

「ねえ、佑臣」

「ん？」

「佑臣って、好きな人、いる？」

「……」

「なーんてね。いないか」

「……いるよ」

佑臣は、私をじっと見つめると、そう言った。

「え……」

動揺した。

私は心のどこかで〝佑臣に好きな人がいるわけない〟と思っていたのだと思う。……そう思っていたことに「いる」と言われてから気がついた。

じゃあ……それは、誰？

美早妃だったら問題ない。でも、もし美早妃じゃなかったら？

クラスの女子の名前がぐるぐる回る。

それから、こんなことを考えるなんてうぬぼれているのは百も承知だけど、もし、もし万が一、佑臣の好きな人が私だとしたら？

そしたら……困る。うれしい気持ちもないわけじゃない。でも、困る気持ちのほうが大きい。私は佑臣のことを、そういう気持ちで好きではないから。私は友だちとして仲良くしていたいのに、佑臣は友だちだと思っていないのだとしたら、どうしていいか、わからなくなると思うから。

軽々しく「好きな人、いる？」と聞いてしまったけれど、次の一言が出てこない。

佑臣も黙っている。

どうしよう。この話の流れで〝それは誰？〟と聞いたほうがいい？　それとも聞かないほうがいいの？　もしかしたら、むしろ佑臣は、その一言を待っている……？

ふたりで無言になったそのとき「おーい」と声がした。

「お姉ちゃん」

「早苗」

道の向こうから、学校帰りのお姉ちゃんが「仲、いいね～」とからかうように言いながら、こちらへ向かってやってきた。

「三人そろって、何やってんだ」

すぐに秀臣くんもやってくる。

「こうして見ると三人兄弟みたいだな。姉、弟、妹。……あ、親子に見えたりして。母、息子、娘。ママー！」

秀臣くんがふざけて甘えた声を出すと、お姉ちゃんはすぐに「キモッ」と言った。

秀臣くんが笑う。私も笑う。お姉ちゃんも、ちょっと遅れて笑う。ただ佑臣だけは、素っ気ない顔をしたままだった。

「おっと、私、ヒマじゃないんだった。今日は塾だから」

「だな」

同じ進学塾に通っているお姉ちゃんと秀臣くんは「じゃ、先に帰るから」と急いでそれぞれの家へと帰っていってしまった。

取り残されたように佑臣とふたりになる。また沈黙が流れる。

……と、不意に佑臣が口を開いた。

「さっきの」

「ん？」

「オレの好きな人……さっき、ここにいた人」

……つまり、それって。

「うちのお姉ちゃん……？」

佑臣はもう何も言わなかった。

え……?!

……そっか。そうだったんだ。

うれしかった。佑臣が、お姉ちゃんのことを好きだということが。そして、その気持ちを私に打ちあけてくれたっていうことが。

胸がいっぱいになって、何も言えなくなっている私に、佑臣は「じゃあ」と一言だけ言って、家のほうへと歩き始めた。

「佑臣！　あのっ……ライバルは、マイラバのゴッチンだから！」

そう口にしてから、私は心の中で自分に「バカ！」と言った。完全に空気読めてないし、そういうことじゃないのはわかっていたし、言いたかったのは、こんなことじゃない。

でも、そんな私の様子を見て、佑臣はおかしそうにフッと笑った。

「それ、知ってた」

そして「もう暗いから帰れよ」と言うと、今度こそ家へと帰っていった。

佑臣、応援してるからね……。

私は佑臣の背中を見ながら、心の中でそうつぶやいた。

6・雨が降ってきた

春と夏の間にある六月は、汗ばんだり、肌寒かったりと、少し宙ぶらりんな季節だ。

美早妃とはいつのまにかフツーにおしゃべりしたり、ときにはそのおしゃべりが盛り上がったりする関係に戻っていた——美早妃が心の中でどう思っているかはわからないけれど。

梅雨に入る一歩手前の、六月半ばのある日。

一時間目の休み時間、教室の後ろのドアのところに、下級生の女の子がひとり、心細そうな様子で立っていた。

「どうしたの？」

「あの……夏坂草太いますか？」

どことなく草太に似ている。

「草太の妹？」

私がたずねると、その子ははにかみながら、小さくうなずいた。

「今呼ぶから、ちょっと待っててね。……草太～」

私は教室の中に声をかけたけど「なんだよー」という声は、意外な方向から聞こえた。

草太は、こちらに向かって廊下を歩いてくるところだった。

女の子の目がパッと輝く。

「お兄ちゃん」

「香純」

「これ。持っていけって言ったのにって、お母さんが」

「傘なんてよかったのに。四年の教室からくるの、大変じゃん」

草太はそう言いながら、香純ちゃんから折りたたみ傘を受け取った。そういえば、今朝の天気予報で、午後は雨って言ってたっけ。

「ちょっと草太。素直に〝ありがとう〟って言いなよ」

思わず口をはさむと、香純ちゃんは自分をかばってくれたと思ったのか、私を見て小さく頭を下げた。

「はいはい、サンキュー。……もう自分の教室、帰れ。十分休み、終わっちまうぞ」

「はーい」

「ちょっ……、おい、慌てるなよ」

草太は、少しよろけている香純ちゃんの背中に向かって、そう声をかけた。香純ちゃんは片手をあげて返事をし、廊下の向こうへと消えていく。香純ちゃんの姿を最後まで見届けた草太は恥ずかしいのをごまかすように「わざわざ、よかったのにさぁ」と言いながら、教室へと戻っていった。

ちょうどその時、モモちゃんが廊下の向こうからやってきた。

「ねえ、今すれ違った下級生の子……」

「草太の妹だって」

「ああ……。それでわかった」

モモちゃんは、教室に戻りながら話してくれた。

「五月のドッジボールの時、最後、草太と大野くんの一騎討ちになったでしょ？」

「草太がよそ見して、大野のボールに当たったって、モモちゃん後で教えてくれたよね」

「あのとき、私、草太がよそ見した先のほうを見ていたの。あんなに集中してたのに、最後の最後でヘンだなぁと思ったから。……草太、あの子が歩いていたから、よそ見しちゃったんだと思う」

「香純ちゃんを見て？」

「うん。あの子、足をケガしてるみたいだったから、それで気がそれたんだと思ってたんだけど、自分の妹だからだったんだね」

そっか。香純ちゃん、慌ててよろけていたんじゃなくて、先月からケガしていたんだ。

だから草太は、十分しかない休み時間を気にしたり、慌てるなって言ったりしたんだ。

ふーん。意外と妹想いなんだ……。

私は心の中で、草太をちょっと見直してあげた。

それにしても草太にあんなにかわいい妹さんがいたなんて。素直で健気で、草太とはぜーんぜん違う！　と、私はひとり心の中で憎まれ口を叩いてみたりした。

その日は午後から雨だったので、電信柱とは話をしなかった。

雨の中でも電信柱のてっぺんに上がることはできる。でも結果的にいうと、あまり気分のいいものではなかった。上にいくのは意識だけだから、雨が降っていても体が濡れるということはない。だけど不思議なことに雨に当たる感覚はあり、どこか落ち着かない気持ちになってしまう。

それに、雨の日はお互いの声がいまいち聞き取りにくかった。雨音のせいだけじゃなく、たとえるなら携帯電話の電波の調子が悪いときと同じで、声が途切れ途切れになったり、急にプッツリと話ができなくなってしまったりもした。

当然、雨なので景色もよくない。空は低い雲に覆われているし、雨で視界がぼんやりしてしまっている。

晴れた日を知っているだけに、何もわざわざ雨のときに上にいかなくても……という気持ちになってしまうのだった。

テレビが梅雨に入ったことを伝えたのは、その数日後だった。

校内はジメジメし始め、どこに足を踏み入れてもその場所特有の匂い……絨毯敷きの音楽室とか、いつでも微かに生ゴミが匂う家庭科室とか、やたら芳香剤の香りが鼻につくトイレとか……そんな学校らしい匂いに、一番敏感になる季節がやってきた。

「あ～、教室に忘れ物してきちゃった。真白ちゃん、ここで待ってて」

帰りの会を終え、昇降口で靴を履き替え、校庭が見えてきたところで、モモちゃんはうんざりしたような声でそう言った。これから下校するという時に、四階の教室までわざわざ一往復というのは、精神的にかなりぐったりする。

「一緒にいくよ」

「ううん、ひとりでいってくる」

モモちゃんはすでに私から離れた場所からそう言っている。「慌てなくていいから、ゆっくりね」と伝えると、モモちゃんは「雨が降りそうなのにごめんねー」と言って、校舎へと消えていった。

実際、空には、いつ雨が降りだしてもおかしくないような雲が低く垂れこめていた。

それなのに、校庭の方からはボールの弾む音が聞こえてきている。バスケ部が練習をしているらしい。

バスケ部は、体育館と校庭を男女で交互に使っている。今、校庭にいるのは男子だ。ひときわ目立つ佑臣。そのまわりには、何人もの知ってる男子がいる。

と……。

バスケのコートから外れた校庭の脇にも、四、五人の男子が集まっていた。思い思いにストレッチをしていたり、軽くジョギングしていたり、ジャンプしてみたりして、体を動かしている。

うちの学校の部活動は、ミニバスケ部、音楽部、そして夏だけの水泳部、冬だけの駅伝部しかない。この時期外で活動しているのはバスケ部だけだから、あれはバスケの別メニューの練習なのかも。

そう思いながら、ながめていると……。

あれ？

意外な人の姿があった……草太だった。

「おう。上田、どうした」

後ろからイダテンの声が聞こえた。腕を回したり足を片方ずつ振ったりして、準備運動しながら、こっちに向かってやってくる。

「あれもバスケの練習なんですか？」

「あー……、あれは陸上」

「あれ？　うちの学校、陸上部ないですよね？」

「うん、まあ、そうなんだけど」

その場に立ち止まったイダテンは、アキレス腱を伸ばしながら話し始めた。

「この地区で、年に何回か小・中学校の陸上大会があるんだ。うちの学校、陸上部はないけど、五、六年でタイムのいいヤツに声かけて、学校代表で出てもらってるんだよ。あそこにいるのは、そのメンバー」

「じゃあ、いっそのこと陸上部を作ればいいのに」

「そうできればいいんだけどな……。部活って、そう簡単には作れないんだよ。やりたい子には申し訳ないけど」

「もしかして、やりたいって言ってるのは草太？」

「うん。草太もこの学校の中では断トツに速いけど、大会には、もっとすごいヤツがいっぱい出てくるから。草太のヤツ、自主練みて下さい、指導して下さいって、それはもう、うるさくて、うるさくて……」

　うるさくてと言いながら、イダテンはうれしそうだった。

「それで部活はないけど、先生が陸上の指導をしてるんだ」

「うーん、そうなんだけど……。陸上はあくまで大会前だけの特別活動っていうのが学校の考えで。ぼくとしては、もっとしっかり見てやりたいんだけど、なかなか……ね」

イダテンは、そこまで話すと「…っと。時間つぶしてる場合じゃない」と言って、急いで草太たちのところへ駆けていった。

校庭にあらわれたイダテンを、草太たちは、わっと取り囲んだ。イダテンに向かって、きちんと礼をすると、すぐに100メートルのスタート地点についた。

くもり空の下、ひとりがダッと駆けだして、30メートルくらいのところでスーッと力を抜いてスピードを落とす。そして次の人も同じことをする。……これはスタートダッシュの練習だ。さすがに大会出場のメンバーに選ばれた子たちだけあって、とても速い。

草太の走る番がやってきた。

ター――……

思わず目を奪われた。

カッターの刃先で紙がスーッと切れていくみたい――。

そして、あるラインを超えるとフッ……と力を抜いていく。

そしてまた、スタートラインに戻り、ターと駆け抜ける……その繰り返し。

何度も。何度も……。

「真白ちゃん、遅くなってゴメン！」

話しかけられるまで、モモちゃんがすぐそばにきたことに気がつかなかった。

「教室にいったんだけど、探してた物が見つからなくて。それで……」

モモちゃんは遅くなった理由を説明してくれていたけど、その話は最後まで聞けなかった。途中でポツ、ポツと雨が降ってきたかと思うと、傘を差しかける途中で、もう本降りになってきてしまったからだった。

一気に降りだした雨に、バスケ部がわらわらと散っていく。陸上の子たちも、急いで引き上げ始めている。

だけど、みんなが散り散りに曲線を描く中、ひとりだけまっすぐ、直線を引くように走っている子がいた。

あれは……草太？

雨の中、これで最後、これで最後とばかりに、まだスタートダッシュの練習をやめない。

草太……。

イダテンがすぐに寄っていって何か言い、やっと走るのをやめた草太は、小走りでこちらにやってきた。

雨に濡れた草太は、滴が顔にかからないように、いつもより余計にうつむいてる。いつもどこかしら跳ねている髪が、今は雨に濡れてしっとり大人しくなっている。

モモちゃんは、ここでやっと草太に気がついたらしい。

「あれ、草太—？」

「おー」

「わっ、びしょ濡れ。大丈夫？」

雨の滴に当たりながら、草太は顔を上げた。意外にも照れ臭そうな顔をしている。

次の瞬間、草太はヘヘッと笑った。

「いいんだ。気持ちよかったから」

草太……。

トクン。……と心臓が動いた。

……何、これ。

胸がキュ……ッ、となってる。手でつかまれたみたいに。

時間が、とてもゆっくり流れた気がした。ほんの一、二秒だけ。

いや、もちろんそんなはずはない。時間は普通に流れている。

雨はザーッと降り続いているし、草太は昇降口に駆けこんだし、モモちゃんは「風邪ひかないでねー」と、草太の背中にやさしい言葉をかけてあげていたし。

私だけが、この一、二秒を、十秒くらいに……ううん、数字ではあらわせない、何か心の中で「あ……」って思うくらいの、ゆっくりした時間が流れたみたいだった。

雨が降っている。

草と土ぼこりの匂いがする。

モモちゃんに「真白ちゃん、帰ろう」と言われて、私はやっと、ここはまだ学校で、私たちはこの雨の中、家に帰るところだということを思い出したのだった。

モモちゃんと別れた後、私は電信柱の上に上がった。

雨に濡れてみたかった。とはいっても本当に濡れるのはイヤだったので、濡れないまま雨を感じることができる電信柱は、ちょうどよかった。

あのね……。

——○※凸×△÷□……

電波が入らないみたいに、電信柱の声はよく聞こえない。

聞こえるのは雨の音だけ。

……でも、いい。というか、今はそのほうがいいような気がした。私はそのまま、心の中でひとり話し続ける。

草太、がんばってた……。

走り抜けていく草太の姿。あれは、私の全く知らない草太だった。

でも〝いいんだ、気持ちよかったから〟と言って笑う草太は、やっぱりいつもの草太で……いや、でも、知ってはいたけど、初めてちゃんと見たような、そんな気もして。

雨が降っている。雨の音が聞こえる。

走っている草太。

笑っている草太。

「慌てるなよ」と香純ちゃんに声をかけていた草太まで浮かんできた。

でも、ちょっと待って。

「オレ、同情って言葉、あんまり好きじゃない」、「なんで本音言わねーの？」

草太には、そんなことも言われてきた。ちょっとムカつくヤツのはずだ。

だけど、美早妃とモメた時は、グッと親指を立てて励ましてくれたんだっけ。

そしてやっぱり、また思いだすのは、走っている草太、笑っている草太、香純ちゃんと一緒の時の草太。そういえば学級委員の投票では、私に入れてくれていた。でも後で、取り消し、同情って言葉は好きじゃないって言われちゃって……。

だめだ。さっきからグルグルと同じことしか考えていない。

――〇※凹……なの？

電信柱が何か言った。

何？　と、聞き返してみる。

ピッと波長があったのか、電信柱の次の一言だけ、クリアに聞こえた。

――好きなの？

……っ。

一瞬、全ての音が止まったような気がした。

そして、サーーッと、耳に戻ってくる雨の音――。

ち、違うよ……！

私は心の中で、大声で否定した。

いきなりそんなことを言われてビックリした。

好き、とかじゃないよ。

ただ、草太がんばってるな、応援してあげたいなって、思っただけ。

――そうなんだ。

そう、それだけだよ！
がんばっている姿を見て、そう思うのは普通のことでしょう？
しかも相手は、あの草太。
ちょっと走っている姿を見たくらいで。
ちょっと笑っている顔を見たくらいで。
私はそう簡単に、誰かを好きになったりしないから……！

雨が、また強くなってきた。
電信柱の声は、もう聞こえなかった。

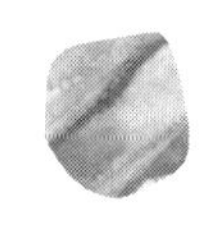

7・心

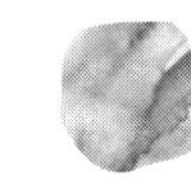

七月になったけど、梅雨明けはまだだった。雨はあいかわらず降ったり止んだりしている。

地区の陸上大会まで、あと一週間。「その日までには梅雨明けしていてほしいんだけどなー」とイダテンがボヤいているのを聞いた。

陸上の練習は、この時期になるとバスケ部から選抜された子たちも加わっていた。その中には、佑臣と聖良も入っている。イダテン以外の先生も練習に顔を出すようになり、いよいよ本番が近づいてきている様子が伝わってくる。

でも肝心の天気がこれでは、あまり練習もできない。草太は歯がゆい思いをしているだろうなと、ひそかに思う。

この雨で電信柱との会話は途切れがちになってはいるものの、小雨程度ならときどき上にいってみたりしていた。空はどんよりとした雨雲に覆われていたけれど、上から見る景色は、このジメジメした気分を、ちょっとだけ晴らしてくれた。

あの後も何度か、電信柱に同じことを聞かれた。

——好きなの？

その度に私は「違うよ」って答えた。

ただ、一日に何度もベランダに出て雨模様を気にしていたり、休み時間にイダテンをつかまえては熱心に相談していたり……そんな草太の姿がチラチラと目に入ってくるので、私もつい「晴れればいいなあ」と思ったりはしたけれど。

がんばっていることを知ったからには、応援してあげたい……それって、ごくごくフツーの気持ちだから。

人間のことをよくわかっていない電信柱には、そう説明した。

どんよりと垂れこめる雲ばかりで、抜けるような青空をしばらく見ていないな……。

ある小雨の日、そんなことを思いながら景色を見下ろしていると、ピンクの傘を差した女の子が、歩いてくるのが見えた。

歩き方が、ほんの少しだけギクシャクしている。

あれは、もしかして……。

「香純ちゃん？」

私は、すぐに下に降りて、その子に駆け寄った。

「あ、はい。お兄ちゃんのクラスの……」

「上田です。傘、私が差すよ」

「いいです、先にいってください。私、歩くの遅いから」

「ううん、遅くないよ。……傘、持つね」

私は、香純ちゃんの手から傘を引き取り、一緒に歩いた。

本当に、遅いわけではなかった。ただ少しだけギクシャクしているテンポが、まわりにも自分にも、遅い印象を与えるのかもしれなかった。

「早く治るといいね」

私がそう言うと、香純ちゃんはちょっと黙った。

雨の音で聞こえなかったのかな？　と思って、念のため「香純ちゃん？」と声をかけてみると、香純ちゃんは慌てたように「あ、聞こえてます」と返事をしてから言った。

「あのね。この足……ケガじゃないの」

「え？」

「私が覚えてないくらい小さい頃、病気で……それで、私の脚って、左右でほんのちょっとだけ長さが違っちゃってて……だから、これ別にケガじゃないんです」

「ごめんなさい！　私、何も知らなくて……」

「あ、いいんです。フツー、わからないもん。でもね、みんなと一緒に体育もやるし、別になんでもないんですよー。それなのに傘持ってもらっちゃって、すみません」

香純ちゃんはアハハと明るく笑ってくれた。

その後は、ほとんど私がひとりでしゃべった。さっき、香純ちゃんに辛い思いをさせたかもしれない分を取り戻すように、うちのクラスで起こった笑える出来事や、イダテンのモノマネをしてみせたりした。

香純ちゃんは、ケラケラと楽しそうに笑ってくれた。

そうして、私は香純ちゃんの家の前まで送っていった。香純ちゃんの家ということは、当然草太の家ということになるのだけれど、草太はまだ帰っていなかった。

香純ちゃんは「ありがとうございました」とていねいにお礼を言って、家の中へと入っていった。

マウンテンバイク型の自転車が、濡れたままポツンと置いてある。色や大きさからいって、きっと草太の自転車なんだろうなと思う。

草太のことを、また思い出す。

白熱するドッジボールの最中に、気が削がれてしまった草太。

「慌てるなよ」と香純ちゃんに声をかけていた草太。

草太は今まで、どんな思いで香純ちゃんを見つめてきたんだろう……それを思うと、胸の奥で、何かがぐっと込み上げてきた。

草太……。

——次の日まさかあんなことを言われるなんて、私は想像もしなかった。

その日も朝から小雨が降っていた。

今日一日のうちのどこかで、草太と話せる機会があるといいんだけどなあ……。

私は登校中の道々、そんなことを考えていた。

話したいのは、もちろん香純ちゃんのこと。

具体的に何をどう話したいのか自分でもよくわからなかったけど、香純ちゃんから話を聞いたよと、兄である草太に伝えておきたいと思っていた。もっとも、草太はすでに香純ちゃんからそのことを聞いているかもしれない。それならそれで、その話をしているときの香純ちゃんの様子はどうだったのかを、聞かせてほしいと思った。

だけど、草太はいつも男子数人とつるんでいるから、なかなかふたりだけで話せるようなチャンスはない。

その機会がやってきたのは、昼休みが終わった後の、掃除の時間だった。

私は体育館の外回り、草太は体育館ステージが掃除分担だったのだけれど、雨の日は外回りの人も中掃除をする決まりになっていたので、清掃場所が一緒になった。

草太は、体育館ステージ左側の舞台袖をひとりで掃除していた。今、面倒くさそうにほうきでゴミを集め終わったところ。私はちりとりを持ってきて、ゴミを取るのを手伝いながら話しかけた。

「草太。昨日の帰り道、香純ちゃんに会ったんだ」

「……」

「香純ちゃんから何か聞いてる？　聞いてないかな？」

「……聞いたけど」

「あの、それで……私、香純ちゃんの話、今まで知らなくて、ケガだと思いこんで話しかけちゃって……ごめんなさい」

「あ、そ」

「お家ではどうだった？」

「別に。笑ってたけど」

「そっか。よかったあ」

「……よかったって、なんだよ」

草太はボソリと言った。

「なんで香純の傘、上田が差してやったりしたんだよ」

「それは……大変そうだったし、かわいそうだと思ったから……」

「……やっぱりそうかよ」

「どういう意味？」

私がたずねると、草太はきっぱりと言った。

「香純は、自分で傘差せる」

「それはそうかもしれないけど……」

「余計なことすんな」

「そんな！　私はただ……」

「ただ何？　かわいそうだったから？」

「かわいそうっていうか……」

「同情してんじゃねーよ！」

……ひどい！

そんなつもりじゃなかったのに！

言葉を失っている私を置いて、草太はほうきを持ったまま、ステージの向こうへといってしまった。

私はゴミをのせたちりとりを持ったまま、ひとり舞台袖に取り残されてしまった……。

残りの一日、気分は最悪だった。

午後の授業を受けたけど、何を勉強したかはあまり覚えていない。ただ五時間目、家庭科の裁縫のとき、針で指をチクッと刺してしまったことは覚えている。

ひどいよ……！

私は電信柱に、誰にも言えない自分の気持ちをぶつけた。

朝から降っていた雨は止んでいて、今、空は不思議な色合いを見せていた。雲は暗く垂れこめているのに、その向こうにある雲と地上のすきまにある空は薄紅色に染まっている。

見ていると、なんだか重苦しく、やるせない気持ちになってくる。

同情してんじゃねーよ！

その言葉が、心に重くのしかかっている。

草太、ひどい。

私はただ、少しでも香純ちゃんの役に立ちたくて……だけど、どうしたらいいのかわからなくて、思いついたのは傘を差してあげることくらいで……それなのに、あんな言い方するなんて。

私は、電信柱の上から、重々しい空に向かって叫んだ。

草太なんて、もう……

大っ嫌い！

――嫌いなんだ。

そう！

今まで草太のことはわからなくて……でも少しずつ、話すようになったり、がんばってる姿を見たりもして、それで、なんていうか……嫌いじゃないなって思うようになってきていたけど……やっぱり嫌い！

――嫌いなんだね。

そう！

――好きじゃないんだ。

好きじゃないよ！　……「かも」と思ったこともあったけど。

――かも？

ほんのちょっと、ほんの、ちょびっっっとだけ……好きになったのかも、かもかもかも、かもって、自分に聞いてみたりしたことはあったけど。

――あー、うん。

わかっていたみたいな声を出す電信柱が忌々しい。でも、それをひっくり返すみたいな勢いで、私は今の気持ちを叫ぶ。

でも。でーもーねっ！　今はもう違うから。

私、やっぱり草太なんて大っ嫌い！

――それ、本音？

本音！

――本音っていうのは、口で言ってることとは違う気持ちのことを本音っていったり、誰にも言えない気持ちのことを本音っていったり、もしかしたら自分でも気づいていない本音っていうのもあるかもしれない……って、前に真白が教えてくれたけど「草太なんて大嫌い」っていう気持ちは、本当に本音？

……もういいっ!!

私は黙って、もう一度空を見た。

さっきよりも濃くなってきている空の色。家に帰る人たち。大人も子どももいる。この時間は、小学生よりも中学生のほうが多いのかな。制服姿が目立つ。男子の集団も、女子の集団も。男子と女子のふたり連れで歩いているのは、カップルなのかも。

だんだんと近づいてくるそのふたりを、何気なくながめる。

……ん？

あれは……お姉ちゃんと秀臣くん？

まあ、家が隣同士なんだから、一緒に歩いていたっておかしくはないか。

やがてふたりは、とても中途半場な位置で立ち止まった。

そのまままっすぐ歩いてくればいいのに、なんでそんなに家から離れたところで立ち止まったの？

そう思っていると、今度はお姉ちゃんひとりだけで歩きだした……と思ったら、突然、また秀臣くんの元に駆け寄った。

見つめ合う、ふたり。

……違う。

私の知っている、元気いっぱいのお姉ちゃんじゃない。私の知っている、ふざけるのが好きな秀臣くんじゃない。

ふたりの顔はそのまま近づいて、そして……。

え……。

よく見えないけど、まさか、キス——じゃないよね……!?

ほんの一瞬だったから、よくわからない。

でも、その後のことは見間違いじゃない。ふたりは、どちらからともなく、そっと手をつないだ。

小さい頃、四人で遊んで手をつないだときのような、そんなつなぎ方ではなかった。

うつむきながら、でも寄り添うように……。

ふたりは離れると、お姉ちゃんは今度こそひとりで歩き始めた。

何これ。

いつも、こうしていたの……？

ふたり一緒に家の前までいかないように、ほんのちょっと時間差をつけて。

親にバレないように。佑臣や私にもバレないように。

マイラバのゴッチンが好きって言ってたくせに。四人で会うときは、幼馴染の兄弟姉妹みたいな顔してたくせに。

ふたりだけのときは、全然違う顔をしていたんだ……。


「まーしろ！」

不意にお姉ちゃんから声をかけられて、私は下に戻った。

「また不思議な声でも聞こえたかね？　ん？」

すぐに、秀臣くんと、陸上の練習を終えた佑臣が一緒にやってきた。

「あ〜、また、ここで会った」

「オレたちも、今、すぐそこで会ったんだよ」

そんなことを言っている。

「真白、またここで物思いにふけってたんだよ。好きな人のことでも考えてたのかな〜」

何事もなかったかのように振る舞うお姉ちゃん。

そんなお姉ちゃんがなんだかイヤで、私はつい強い調子で言ってしまった。

「それはお姉ちゃんでしょ」

「ん？」

……いや、ダメだ。私が目撃していたということを知られてはいけない。

私は話題をそらした。

「あの、ここで……空、見てたの。今日の空、なんかすごく不思議な色してるよ」

私がそう言うと、三人とも空を見上げた。

わっ、本当だ。薄黒い雲と、赤い空の色が一緒になってる。ちょっと不気味。でも、きれい。ワイン色してるー。

四人で空を見てから、お姉ちゃんと秀臣くんは「今日も塾だ」と言って、先に家へと帰っていった。


「本当に不思議な空だな。見ていると苦しくなってくるっていうか。雲が低いからかな」

ふたりきりになってからも、佑臣は空に見入っていた。

佑臣……。

私は、さっきからずっと、あるひとつのことを考えていた。

お姉ちゃんと秀臣くんのこと、佑臣に伝えた方がいいんだろうか。

佑臣は、お姉ちゃんのことが好き。それを、信頼している私に教えてくれた。それなのにさっき私は、お姉ちゃんと秀臣くんがふたりだけでいるところを見てしまった。

どうしよう。

話したほうがいいのかな。

だけど、佑臣はショックを受けるよね……。

悩んだ末、私は〝ふたりのことを知らなくても、感じるであろうこと〟だけを言うことにした。

「お姉ちゃんと秀臣くんって、いつも一緒だね」

「だな」

「……仲いいのかな？」

私がそう言うと、佑臣は空から目を離して、私をじっと見た。

「真白。もしかして、見た？」

「な、何を？」

「あのふたりが一緒に帰ってくるところ」

「…………」

「当然だよな。つきあっててんだもんな」

「知ってたの?!」

「まあね」

「ふたりのこと知ってて……それでも好きなの？」

「……しょうがないんじゃん？　それが俺の気持ちだから」

佑臣……。

佑臣の本気の思いに打ちのめされた。と同時に、目を覚まさせられたような気がした。

私の気持ちって、なんなんだろう。

ついさっきの、草太とのことを思い出す。

私は草太に、何か言われる度に、気持ちがコロコロ変わってた。

嫌い。

嫌いじゃない。

好きじゃない。

好きかも。

大嫌い。

それはもちろんその時々の本音なんだけど、佑臣の気持ちを知った今、自分の気持ちが、どこか〝おままごと〟みたいにも思えた――。

佑臣と別れてから、私は家に帰るフリして、もう一度だけ電信柱の上へいった。

あのさ……

――何？

草太のこと「大嫌い」とまで言うのは、やっぱり、一応、取り消し……。

――なんなの？　さっき本音って言ったばっかりなのに。

いや、あの……もっとよく、自分の気持ち、考えようと思って。

――自分の気持ちって、何？

うーん、なんて言えばいいんだろう。

気持ちって……心？

――心って、そんなにすぐ変わるの？

うん、まあ、そうなのかな……。変わったり、変わらなかったり。

──次々に新しい物と取り換えるの？　それとも形が変わるの？

ううん、そうじゃないよ。

好きって思ったり、嫌いって思ったり、いろいろ変わる。でもそれは次々に新しい心と取り換えるわけじゃない。

心はひとつ。

好きって思うのも、嫌いって思うのも、それは全部、私のひとつの心。……って、こんな説明じゃわからないか。

私は途方に暮れて空を見た。

……あ。

私と電信柱は、同時に同じ言葉を言った。

──空……。

目の前に広がる夕空を見て、私は思わず大きい声で言った。

空だ。心って空みたいな感じなの。

季節によって変わる。天気によって変わる。時間によって色も変わる。

朝焼け。青い空。くもり空。雨空。夕焼け。一時として同じじゃない。

心も同じ。いろいろな出来事があって、いろいろ思って、いろいろ感じて、いろいろ変わる。空の色が微妙に変わるように、気持ちも微妙に変わる……。

でも空は空。私の心は、私だけの心――。

暮れていく空を見ていた。それ以上、言葉は見つからなかった。

それでも心のどこかで、やっぱり草太のことを考えていた。

8・走れ

梅雨が明ける。正確にいうと明けるらしい。

明日は久しぶりの晴天で、梅雨明けになるんじゃないかと天気予報では言っていた。

明日の土曜日は、いよいよ陸上大会。

うちのクラスからは、佑臣、草太、聖良が出場する。場所は、ここからバスで十七、八分くらいの県立公園の中にある広い競技場だった。

この大会は記録会だそうで、ひとつひとつの記録を正確に取り、その記録によって上位入賞者を決める……いわゆる運動会とは違う雰囲気らしかった。

「でも大会の見学は自由だし、広くて立派な競技場だから、クラスの代表を応援する気持ちでいくのもいいぞ」

イダテンのこの言葉を受けて、今日のうちのクラスは「明日、応援にいくかどうか」と

いう会話が、あっちでもこっちでも繰り返された。……特に女子の間では。

あれから草太とは、何もなかったようにあいさつを交わしている。

「おはよう……」

「上田……、はよー」

無難に言葉が交わされることにムッともしていたし、ホッともしていた。

好きとか嫌いとかは……今は、わからなくなっている。

同情してんじゃねーよ！　……あんなふうに一方的に言う草太は嫌いだ。

でも、大会に向けて一生懸命がんばっている草太や、香純ちゃんのことを見守ってる草太のことは、嫌いとは思えない。

じゃあ好きかっていうと……、それはどうなんだろう。

自分でもわからないまま、いや、わからないからこそ、結局草太のことを目で追っては、モヤモヤしたり、イライラしたり、「なによ」と思ったりしていた。

モヤモヤを抱えている自分に、自分が一番うんざりしながら。

「聖良〜、明日、見にいくからー！」

美早妃がクラスのみんなに聞こえるように声をかけたのは、帰りの会が終わった直後のことだった。でも美早妃がみんなの前で言いたかったのは、たぶん、その後の一言だったんじゃないかと思う。

「大野のことも見てるからね！　がんばって‼　ついでに草太のことも見てあげる〜」

最後にオチをつけるようにそう言って、クラスの笑いをとるのも忘れない。草太は、特におもしろくもない顔で「ついでってなんだよ」と、いわばお約束の一言でつっこんだ。


「みんな、明日どうするの？」

美早妃を中心にして、女子たちはワイワイと盛り上がっていた。

「うちらはいくけどね。聖良、出るし」

ねーっ、と美早妃グループの子たちは話している。

「あー、私たちは……どうしよっか」

返事に困っているのは、美早妃グループじゃない子たち。

私には、困っている子たちの気持ちが、なんとなくわかった。

〝この話の流れで、聖良が出るのに見にいかないって言ったら、美早妃に目をつけられちゃうかも……〟

そんなふうに空気を読んで、言いたいことを言えないんじゃないかな。

……わかる。だって私も、そう思っちゃうときがあったから。

だけど、美早妃は笑って言った。

「別にクラスが一緒ってだけで、休みの日にわざわざ見にこなくてもいいんじゃない？　聖良はうちらが応援しておくよ」

美早妃の一言で、そう言われた子たちはホッとした顔になっている。無理な返事を強いられなくてよかった、と他人事ながら胸をなでおろしたその時、今度は私が美早妃に話しかけられてしまった。

「真白は明日いくの？」

「ちょっと迷ってる。みんなの応援もしたいし、イダテンもあ言ってたし」

「そう言うと思った！　真白はマジメだから……。でも別にこなくてもいいんだって。好きな人がいるわけじゃないんでしょう？　……私はいるけどさ」

美早妃がそう言うと、グループの子たちは、キャー、はっきり言ったー！　と盛り上がった。美早妃は「聖良のことだよん」なんて言いながらも、勝ち誇ったような顔をしている。

……そっか。

つまり美早妃は、明日の応援に、私にはきてほしくないって思ってるんだ。

「真白、大野と仲良くしないで」――美早妃は、ずっとこの気持ちのままでいたんだ。全然違うのに。佑臣が好きな人も、私の好きな人も……。

と、一瞬頭の中で考えてしまって、瞬時に否定した。

違う、違う。私にはまだ、好きな人はいない。

「明日どうするかは、自分で考えるよ」

さりげなく美早妃にそう言うと、そのタイミングでモモちゃんが「真白ちゃん、帰ろう」と声をかけてくれたので、私はすんなり、その場から立ち去ることができた。

後ろで、美早妃グループの中の誰かが「真白って、意外と空気読めないね」と言っているのが聞こえたけど、モモちゃんは半ば強引に、私を教室から連れだしてくれた。


「で、真白ちゃん、明日どうするの？」

帰り道、坂道を下りながらモモちゃんにそう聞かれた。

「う〜ん、迷っちゃって」

「美早妃ちゃんに言われたこと、気にしてる？」

「それも、ちょっとはあるけど」

「本当に迷ってるんだ」

「うん」

それは本当の気持ちだった。

迷っていた。いきたいけど……。

イダテンが「よかったら応援にきてほしい」って呼びかけてくれたので、それならいこうと思っていた。だけど、美早妃に「好きな人がいるわけじゃないんでしょう？」と言われてしまってから、そのことが気になってしまった。

それって、いくと「誰か好きな人がいる」と思われてしまうんじゃないかな？　って。

私は別に、好きな人がいるわけじゃないのに……。

「私はいきたいな」

モモちゃんはキッパリとそう言った。

「好きな人、出るし」

「……え————っ?!」

「なーんてね。私がそう言ったら、真白ちゃん一緒にいってくれる？」

「あれ？　今の冗談？」

モモちゃんは黙って笑っている。

「一瞬、信じちゃったんだけど」

そう言いつつ、私の頭の中はパニックになっていた。

今の、モモちゃんの本音？　モモちゃんの好きな人、明日の大会に出るの？　それって、草太のこと？　佑臣のこと？　それとも他のクラス？　他の学年っていうこともあるかもしれないよね？　でもやっぱり、ただカマをかけただけかもしれないし……。

「私、真白ちゃんはいきたいんだと思ってた」

「な……なんで？」

「う〜ん、真白ちゃんの性格？　大野くんや草太のこと、応援したいんじゃないかな〜と思って」

「うん、思ってるよ。思ってるけど……なんか、わかんなくなっちゃって」

「真白ちゃんが何を〝わからない〟って言っているのか、私にもわからないけど……その、わからない何かを、明日確かめにいくっていうのは？」

「……そうだね！」

モモちゃんの言葉がストンと胸に落ちた。

じゃあ決まり、と言って、モモちゃんと私は明日の約束をして別れた。


モモちゃんと別れてから、私は電信柱の上にいった。

久しぶりの夕焼けが、目の前に広がっている。

明日は晴れるといいな。草太のためにも。

……そう思ってから、急いで「あと佑臣のためにも。それからイダテンや、応援にいくみんなのためにも」と心の中で付け足した。

最後の「みんなのためにも」という一言は、慌てて付け加えた一言だったけれども、言葉にしてみてから、ああ、本当にそうだな、と思えることだった。

明日、私は何かを確かめられるんだろうか。

——何かって？

電信柱にそう聞かれたけど、それは私にもわからなかったので、素直に答えた。

わからないけど、何か。

そしてもう一度、明日晴れるといいな、と言った。

電信柱は
――うん。
とだけ、答えてくれた。

次の日――。

テレビは朝から〝梅雨明け〟という言葉を連呼して、どのチャンネルも競うように空を映し出していた。でも、どこのどんな映像を映そうと、今、私が見上げている本物の空には敵わないはずだ。

雲ひとつない、抜けるような青空。

それはもう、見事な快晴で――今日はいい日になる！　ならないはずがない！　って、言いきってしまえるほどに、気持ちのいい空だった。

モモちゃんとは約束通りバス停で会い、競技場のある県立公園に着いた。ここは、野球場や体育館、池やアスレチック、もちろん競技場も併設された、とにかく広い公園だ。園内の地図を何度も確認しなければ、いきたいところにたどり着けそうもない。

「さてと。競技場へいくには……」

モモちゃんと私とで園内の地図を見ているときだった。

ハァハァと息を切らして、女の子が走ってきた。

「香純ちゃん！」

「上田さん……！」

香純ちゃんは、困り果てた顔で私を見た。

「競技場、どっちか教えてもらえますか？」

「私たちも、これから競技場を探していこうと思っていたんだけど……どうしたの？」

「実は、お兄ちゃんに水筒を届けなくちゃならなくて……」

こんなに暑くなりそうな日だというのに、草太は水筒を忘れたのだそうだ。で、香純ちゃんが水筒を渡すことになったのだけれど、競技場が見つからない。時間はどんどん過ぎる。

開会式が始まってしまったら、草太に水筒を渡せるかわからない……。

「それに私……走るの遅いし……」

そこまで言うと、ついに堪えきれなくなったのか、香純ちゃんの目からポロリと涙がこぼれた。

「香純ちゃん。その水筒、私に預けてくれない？」

「え？」

「私が走って草太に届ける」

「でも……」

「いいの。まかせて！」

「じゃあ水筒は真白ちゃんにお願いして、私と香純ちゃんは、競技場の観覧席に向かおう。……ね、香純ちゃん」

不安と緊張でこわばっていた香純ちゃんの表情が、みるみるほどけていった。

香純ちゃんの思いがこもった水筒を、私はしっかりと受け取る。

今、自分はどこにいて、どこへ向かったらいいのかを、公園内の地図でしっかりと確認。

そして私は、草太の元へと一気に走り出した——。


ハァ、ハァ、ハァ……。

快晴の空の下、全速力で走って、なんとか競技場までたどり着いた。

でも、そこから草太を探すのにまた時間がかかった。競技場のまわりをぐるりと、学校ごとにスペースを振り分けられているらしかったけれど、市内にはかなりの数の学校があり、私は、あっちにもこっちにもある似たような集団の中を駆け巡ることになった。

どう見ても選手には見えない私がウロチョロすることに恐縮しながら、それでも、一刻も早く草太に会いたい一心で、私は探し回った。

ようやくうちの学校のスペースにたどり着き、草太の姿を見つけたのは、そろそろ開会式のための整列の声がかかる頃だった。

「そ、草太……っ」

ゼイゼイと情けないほど息が乱れたまま、草太に声をかける。

「あれ、上田？」

「これ。香純ちゃんに途中で会って。草太に渡したいって……」

「あ……」

水筒を渡す時に、うちの学校の荷物を移動させている様子がチラリと目に入った。

スポーツバッグや応援幕、それから大きなウォータージャグ……。

「あ～っ、ちゃんと学校で水の用意してあったんだ～」

私はヘナヘナと力が抜けた。

「考えてみれば、そうだよね。ないわけないよね……ハハッ」

私は、情けないのと、自分の必死さが恥ずかしいのとで、ごまかすように笑った。

だけど、水筒を受け取ったものの、草太は何も言わない。

「……私、また余計なことしちゃった？」

「……」

「また同情してんじゃねぇよ、って言われちゃう？」

「……」

「香純ちゃん、草太に水筒を渡すために必死で走ってて……私、ほっておけなかった。同情じゃないよ！　っていうか、この間傘を差したときだって同情のつもりはなかったよ！」

私は草太に、私のことをわかってほしかった。

「私、親切と同情の違いが、ちゃんとわかっていないのかもしれなくて……〝かわいそうだったから〟なんて言い方してごめんなさい。でもなんていうか、やり方は間違っちゃったかもしれないし、それで、これからも間違っちゃうこともあるかもしれないけど、それでも私……香純ちゃんのこと好きだから、だから……」

「違う」

草太に言葉をさえぎられた。

「親切と同情の違いなんて、オレもわかってない。つーかオレが一番わかってないのかもしれない。なのに香純のこととなると、人一倍ピリピリしちゃって……上田はそんなんじゃないってわかってるのに。だから……ごめ」

〝ん〟は聞こえなかった。でも、それで充分だった。

「草太……」

まわりがざわざわしてきた。開会式に向けて、選手たちはそろそろ移動しなければならないらしく、各々、柔軟体操をやめたり、荷物を持ち始めたりしている。

「それであの、図々しいかもしれないけど……」

草太は時間が気になるのか、早口で言いだした。

「何？」

「香純、家で上田の話をしてるとき、すっげー楽しそうだった」

「そうなんだ。よかった」

「だから。それで……」

草太はそこまで言うと、髪の毛をくしゃくしゃさせた。そしてもう一度「だから」と言うと、その先は思いきったように一気に言った。

「香純と仲良くしてやって。できれば……お姉さんみたいな感じで」

「え……」

「って、思ったんだけど……。別に特別なことじゃなくて、ときどき話しかけてくれるだけでいいから……。いや、やっぱり今の取り消し」

「……取り消さないで」

「え」

「私の方こそ、姉妹みたいに仲良くさせて……！」

パッと顔を上げた草太の顔は、火照ったように赤かった。私の顔も熱い。同じように赤かったんじゃないかと思う。

そのとき「おい、向こうに移動みたいだぞー」と、仲間から声がかかった。

草太は「じゃあ」と言って、仲間のいるほうへと戻っていく。

でも「あっ」と言うと、ちょっと離れた私に向かって、大きな声で言った。

「ありがとう。……水筒」

私も草太に負けないような声で、ずっと言いたかったことを……もしかしたら雨の中、練習している姿を見たあのときから言いたかったことを、思いきって言った。

この場で言うには、あまりにもありふれた、当たり前の一言だったけど。

23
24
12

「がんばってね」――と。


　競技場内は圧巻の広さだった。

　三六〇度ぐるりと囲む観客席。そして頭上には、視界をさえぎるものが何もない大きな楕円形の青空。

　私は自分の学校の人たちが集まっているエリアを探し、そこでモモちゃん、香純ちゃんと合流した。無事に水筒を渡したことを伝えると、香純ちゃんはとても喜んで何度もお礼を言ってくれた。

　美早妃たちもきていた。「真白たちもきたんだ」と、あまりいい顔はされなかったけれど、一緒にうちの学校を応援しようと、笑顔を返しておいた。

　この大会は、競技の記録を正確に取り、それを元に順位をつけていく記録会だったから、運動会のような応援をしてはいけなかった。できることといえば、遠くから競技をながめ、心の中で応援するくらい。それでも自分の学校の選手の出番は、知らない子だとしても力が入った。ましてや、知っている子なら、なおさらだ。

佑臣はハードル走、聖良は走り幅跳びにエントリーされていた。

ふたりとも、やっぱり学校代表だけあって、フォームもキレイだし、私には考えられないような記録を出していた。とはいっても大会出場者はみんな、その学校のトップレベル。

佑臣も聖良も、ここでの記録は、残念ながら全体の平均よりなんとか上、というところに留まった。

そして、いよいよ100メートル走。

……草太の番がきた。

定期的に聞こえてくるピストルの音を合図に、選手は次々に100メートルを駆け抜けていく。私は陸上のことはよくわからないけれど、かっこいいフォームくらい、それなりにわかる。

草太がスタートラインに着いた。

モモちゃんは「次、草太だね」と無邪気に言っている。

「お兄ちゃーん、がんばって」

香純ちゃんの声が聞こえる。

私も心の中で、香純ちゃんと同じ言葉を唱えた。さっき草太に言った言葉。そして今、さらに強く思う言葉。

「位置に着いて」

スターターの声が無機質に聞こえる。私が走るわけじゃないのに、心臓がドキドキする。

「よーい」

ああ……っ。

天を仰ぎたい気持ちになったその瞬間、パァン、というピストルの乾いた音が響いた。

選手たちは、何かに弾かれたように走り出す。

草太……！

まわりの音は、何も聞こえない。そのかわり、聞こえるはずのない草太の足音が迫りくるように聞こえる気がする。

草太が走る。

草太が風を生む。

草太が風そのものになる。

草太、がんばれ。

0・01秒、ううん、0・001秒でも速く。そのために練習してきたんだから。

それから……草太が少しでも速い記録を出そうとするのは、もしかしたら香純ちゃんのためでもあるかもしれないと、ちらっと思う。

ああ、でもそれだけじゃない。

やっぱり何より、草太は走るのが好きだから。

好きなことを好きと言えて、まっすぐがんばれる人だから。

私は、そんな草太が――

私は今、全力で走っている。

大会は終わった。

草太は、市内五位。それでもすごい成績なのに、三位以内の入賞をねらっていた草太はとても悔しがっていたと、イダテンから聞いた。

大会の後、草太には会えなかった。選手たちは学校ごとに移動するらしく、応援にきている人は、ほとんど接触できなかった。

バスを降りたところでモモちゃんと別れると、私はそのまま無性に走りたくなって、今こうして走っている。

息が上がって苦しい。

胸の奥に、何か、とてつもなく大きいものを抱えてしまったみたいな感じがする。

やがて、私の家と、電信柱が見えてきた。

私は電信柱に体を預ける。

ビュ――――――――――――――――――ン
視界が霞むほどの速さで、上に向かって引き上げられていく。気がつけば、とても高い位置から、私はこの景色をながめている。

海もなければ山もない。中途半端に自然が残ってて、中途半端に都会の真似をしていて。家があって、学校があって、そして広い空があって――私が暮らしているのは、そんなところ。

きのうまでのことなんか全部忘れたような、真っ青な空。

私が言いたいことは、もうわかってるんだよね？

心の中でそう確認してみる。

――うん、わかってる。

すぐに、電信柱の返事が聞こえてきた。

……でも、私より先に言わないで！

今、自分で言うから。

好き……なんだと、思う。あいつのこと。あいつっていうのは、つまり、その、あいつ……草太のこと。たぶん。きっと。ううん……もう、絶対そうみたい。

……なんだかちゃんとした言葉になってない。

恥ずかしくて。照れくさくて。

だけど、どこかでうれしくて。

でも、これからどうなっちゃうんだろうっていう不安もあって。

……もう一度、ちゃんと言おう。

今のこの気持ちを、胸いっぱい、空いっぱいに感じたい。

大きく深呼吸をすると、目の前に広がるこの青空に向かって言った。

あのね。

私……

草太が、好き――

Shogakukan Junior Bunko

★小学館ジュニア文庫★

あの日、そらですきをみつけた

2018年 4 月 2 日　初版第 1 刷発行
2018年 5 月 2 日　　　第 2 刷発行

著者／辻みゆき
イラスト／いつか

発行人／立川義剛
編集人／吉田憲生
編集／油井 悠

発行所／株式会社　小学館
〒101-8001　東京都千代田区一ツ橋２－３－１
電話　編集　03-3230-5105
販売　03-5281-3555

印刷・製本／加藤製版印刷株式会社

デザイン／黒木香＋ベイブリッジ・スタジオ

Printed in Japan　ISBN 978-4-09-231224-1